持續狩獵史萊姆三百年，
LV MAX 11

Morita Kisetsu
森田季節
illust. 紅緒

亞梓莎．埃札瓦（相澤梓）

本書主角。一般以「高原魔女」之名為人所知。
轉生成為永保十七歲容貌，長生不老魔女的女孩（？）。
不知不覺中變成世界最強，也遭遇過不少麻煩，
但因此擁有了家人，非常開心。

堅持下去就是力量。
我只做能堅持下去的事情！

姊姊您好。
來，以拳頭對話吧！

萊卡

紅龍族女孩，亞梓莎的徒弟。以最強的境界為目標，
每天孜孜矻矻地努力，是勤奮的好女孩。非常適合
穿哥德羅莉或女僕服等輕飄飄的服飾（本人十分難為情）。
本書刊載的外傳「紅龍族女學院」的女主角。

法露法＆夏露夏

史萊姆的靈魂凝聚而誕生的妖精姊妹。姊姊法露法是坦率面對自己心情的天真女孩。妹妹夏露夏則是關懷入微又善解人意的女孩。兩人都非常喜歡媽媽亞梓莎。

媽媽～媽媽～！最喜歡媽媽了！
……即使身體沉重，內心也要保持輕盈。

好，今天吃些什麼好呢？

哈爾卡拉

精靈女孩，亞梓莎的徒弟。是懂得活用蘑菇的知識，經營公司的優秀社長。但在高原之家，只是不分場合「出包」，專門負責耍寶的角色。本書刊載的外傳「精靈飯」的主角。

別西卜

人稱蒼蠅王的高等魔族，魔族農業大臣。宛如姪女般疼愛法露法與夏露夏。頻繁往來於魔界與高原之家。是亞梓莎足以仰賴的「姊姊」。

小女子名叫別西卜！是魔族國度的農業大臣!!

芙拉托緹

藍龍族女孩，服從亞梓莎。
與紅龍族的萊卡同樣是龍族，
因此凡事較勁，不過本性是
樂天又有活力的女孩。
和萊卡不一樣，人型外表時也有尾巴。

才不想與紅龍當閨密呢！

我只是生長在庭園內而已喔！吼～！

桑朵菈

曼德拉草女孩。生長了三百年，
最後成為具備意識還會活動的個體。
是不折不扣的植物，棲息在高原
之家的家庭菜園內。雖然常固執己見
又愛逞強，卻也有害怕寂寞的一面。

席羅娜

在法露法&夏露夏之後
誕生的史萊姆妖精。警戒心很強，
視亞梓莎為乾媽，不太親近。
已經是一流的冒險家，十分活躍，
不過有偏愛白色的奇特喜好。

乾媽，世界應該呈現一片銀白色才對！

佩克菈（普羅瓦托・佩克菈・埃莉耶思）

魔族國度之王。最喜歡利用權勢與影響力折騰亞梓莎與身邊的部下，是具備小惡魔個性的女孩。其實還兼具「想順從比自己強的對象」這種M的一面，目前對亞梓莎服服貼貼。

氣氛酷酷的魔女姊姊大人，最棒了呢。

不好意思，妹妹的個性太隨便了……
啊～好想花上司的錢去泡溫泉喔～

法托菈＆瓦妮雅

擔任別西卜祕書的利維坦姊妹。能變身成巨龍的外型，還負責接送並照顧亞梓莎等人往返魔族國度。姊姊法托菈認真又有才幹，妹妹瓦妮雅雖然迷糊卻有一手好廚藝。

武史萊

體術登峰造極，化為人形的武鬥家史萊姆。想窮究「武史萊流史萊姆拳法」以完成最強格鬥技，卻也有嗜錢如命的庸俗一面。目前向別西卜拜師修行中。

存錢就是我的興趣。

在明月當空下舉辦宴會

She continued destroy slime for 300 years

飛在空中的同時，我朝窗戶揮了揮手。
房間內的人露出驚訝的表情。
我原本以為她會拉起窗簾，不過她老早就打開了窗戶。
「晚安～」
「乾媽，妳從哪裡來的啊！而且還是晚上！」
席羅娜居然為了抱怨而開窗……
「因為我剛才敲門，妳也沒有回應。走過宅邸內的長廊很麻煩，就算抵達妳的房間，有時候也會碰到妳出門冒險，長期不在家。所以我才透過窗戶直接聯絡妳。」
「那就退一百步同意這一點吧。可是乾媽，為何要在晚上拜訪呢……？」
她就是堅持叫我乾媽啊。
「晚上來才知道燈有沒有亮，馬上就知道妳在不在家啦。我的點子很妙吧。」
結果席羅娜『唰』一聲拉上窗簾。

「拜託！至少聽我說嘛！稍微聽一下也好！我還沒進入正題呢！才解釋為何三更半夜前來的原因！」

窗簾再度拉開。與乾女兒溝通還真困難。

「到底有什麼事情？請在十五秒以內說明。」

「先讓我進去吧。我目前一直以魔法飄浮在空中耶。」

席羅娜的宅邸是地點偏僻的獨棟建築，應該沒有人會偷窺裙底。可是穿裙子飄在空中，總覺得涼颼颼的。

她為了挖苦我，故意嘆了一口氣。

這應該是同意我進入的訊號。於是我從窗戶進入雪白的房間內。

「只剩下五秒鐘了。」

「比剛才還少了十秒！連進入房間的時間都要算嗎!?」

五秒內應該講不完，不過還是別理會，告訴她吧。

我可要發揮乾媽的厚臉皮囉。

「就是啊，妖精下次要集合起來賞月。啊，賞月這個詞聽起來可能太日式了……意思是在明月之下舉辦宴會。」

「哦，真是讓人期待。」

席羅娜轉過頭去開口，代表她一點都不期待吧。態度冷淡到不行。

「我心想，席羅娜也能來參加宴會就好了。」

「能去的話我會去的，乾媽。」

「不打算去才會講這句話！」

「啊，醃高麗菜已經醃得入味了，要不要夾在麵包中間吃？話說已經夜深了，不怕太晚嗎？」

別再陰陽怪氣了，就像京都人催促客人趕快回家時，問客人要不要吃茶泡飯一樣。到底多希望趕我回去啊。

「哎呀，我覺得席羅娜能來到妖精聚會的場所也不錯啊～雖然是有一點雞婆啦！」

「明知道雞婆還照做，比缺乏自覺還糟糕，乾媽。」

厚……

拜託，我也不是任何人都會邀請耶。如果妳真的不願意，我才不會特地跑來找妳。可是妳散發出希望我開口邀請的氣氛嘛！如果沒找妳，事後多半會鬧彆扭！若是像別西卜一樣主動叫我邀她，還比較輕鬆呢！

——要是我能開口說出來就好了，可是一開口她肯定不會來。所以這些話只好吞進肚子裡。

人際關係還真麻煩。

說起來，不論任何國家、任何時代，與乾女兒的關係都十分棘手。

「知道了，知道了。我發誓如果能去就會去。」

「這樣不算發誓吧。」

不過我已經盡我所能，完成努力的義務了。即使席羅娜不來，我也絲毫不需後悔。席羅娜也不會因為自己沒受邀而事後鬧彆扭。

「既然已經超過時間，那我就先離開啦。」

「難得來一趟，要不要喝杯茶？就這樣讓乾媽回去好像下逐客令一樣。」

她終於稍微軟化了態度。真是漫長的奮戰啊。

「如果乘坐龍前來的話，也請她一起上來吧。」

這方面倒是十分機靈呢。

「嗯，萊卡在樓下等待，我去帶她來！」

於是在三顧茅廬（前兩次她出門冒險不在家）的努力下，終於成功邀請到席羅娜。

◇

到了明月宴會當天的傍晚。

我帶法露法與夏露夏步行到高原之家的附近。

地點大約位於鄰近的山丘，四周沒有任何住宅。而且也沒有道路經過，只生長著低矮的草。

松樹妖精蜜絲姜媞已經鋪好了布。

「啊，是蜜絲姜媞小姐！」

「今天有勞您一同關照姊姊了。」

法露法與夏露夏主動打招呼。

「兩位也多多指教捏。哎呀，能遵守時間前來，真了不起捏～」

「沒啦，基本上都會守時吧。啊，妖精的時間觀念比較隨便嗎？」

「水母妖精裘雅莉娜早在三天前就來了，正閒得發慌捏。」

遠遠見到裘雅莉娜小姐仰面朝天，躺在地上。

「這也太早了吧！」

「裘雅莉娜經常像那樣構思下一部作品，所以剛剛好捏。妖精就算浪費一兩天也不算什麼捏。」

感覺真不愧是妖精。

「悠芙芙媽媽還沒來嗎？」

「對捏。應該三秒鐘到三十天之內的某個時間點會來捏。」

拜託三個小時後抵達好嗎。不過悠芙芙媽媽應該會來吧。

「另外月亮妖精依努妙克呢？」

她當妖精的時間還不長，最好增進一下交流。

話說以前我在當社畜的時候，碰上這種深入交流的酒會應該都超級不想去。若是不擅長宴會氣氛的人，這時候就只能放棄。

現在即使邀我參加宴會，我也不會感到厭煩，是因為期待與會的成員吧。

理所當然，一場活動的樂趣會隨著參加者不同而大幅改變。公司舉辦的宴會，參加者都是公司同事，感覺好像在工作。但在這個世界不會有這樣的人。

「噢，依努妙克的話在那裡捏。」

山丘上建立了巨大的祭壇，依努妙克居然跪坐在祭壇上！

「那是什麼啊！」

「她本人說，想發揮月亮妖精的本色，嘗試與月亮通訊捏。」

我覺得這場宴會的主旨應該沒有涉及這種精神層面……

「露娜露娜～月月月～♪　露娜露娜～月月月～♪　滿月，半月，弦月，雖然有好多種月亮～♪　但是月亮公公的外型永遠都是圓球～♪　真是神奇呢～♪　露娜露娜～月月月～♪　露娜露娜～月月月～♪　月月月月～♪」

「拜託別唱了！而且唱的還是完整版！」

過了一段時間後，依努妙克才唱完。

「呼、呼……都已經唱得這麼認真了，依然收不到來自月亮的訊息……我明明是月亮妖精耶！」

「訊息會透過這種方法傳來嗎……？」

這場宴會從開始賞月前就自由過頭了吧。

之後過了一段時間，悠芙芙媽媽抵達了。

「抱歉喔～製作便當結果遲到了～今天就好好享受吧～」

「悠芙芙媽媽一來，感覺會場突然變得正經了呢。」

裘雅莉娜小姐目前還躺在地上眺望月亮。由於是賞月宴會，某方面來說這樣沒錯，但這樣的話，來到此地就沒有意義了。

「妖精的聚會就是這樣喔。附帶一提，泥土妖精、霧氣妖精與溫泉妖精似乎不來了。」

「原來有這麼多種妖精預定參加啊！」

第一次見面的妖精接二連三缺席！

「沒辦法，我已經上百年沒見到霧氣妖精了。之前的世界妖精會議他也沒參加。」

一百年沒見過面，友誼該不會已經中斷了吧……

悠芙芙媽媽叫起躺在地上的裘雅莉娜小姐。然後拉來一直試圖與月亮通訊的依努妙克，迅速做好準備。

「好！那麼就一邊賞月，同時優閒地享受吧！乾杯！」

「「乾杯！」」

隨著悠芙芙媽媽的帶頭，我們彼此酒杯相碰。

天空掛著一輪碩大的明月。

由於月光相當明亮，甚至不需要其他光線。

「嗯，賞月真不錯捏～」

蜜絲姜媞是妖精，酒卻喝個不停。哦，喝的速度還真快呢——如此心想的我，卻發現一旁的裘雅莉娜小姐以兩倍速灌酒。

就像吃小碗蕎麥麵一樣，喝完就斟，斟完再喝。

「拜託拜託！喝太多了吧！很危險耶！」

「……頹廢啦，頹廢啦。反正世界上根本沒有好事，只有喝醉的期間才幸福。水母母母……這個世界實在爛爛爛……」

為何賞月剛開始就喝起悶酒啊……

但是不只她們兩人喝個不停。

連依努妙克都默默地斟酒，咕嘟咕嘟喝起來。

「妳喝酒的速度有問題吧！又不是一個人獨飲！這是聚會耶！」
「不受任何人阻礙，以自己的速度喝酒才是最棒的。喝酒就該這樣喝。」
雖然有道理，可是這樣就不該來參加活動吧……
另一方面，法露法與夏露夏和悠芙芙媽媽正開心地聚餐。
「悠芙芙小姐，這道肉捲真的好好吃呢！」
「在晚風吹拂下，觀賞月亮，品嘗美味的料理。真是極盡奢侈。」
「哎呀，兩人的嘴都好甜呢～♪媽媽的努力有回報囉～」
加入那邊才是對的吧……
宴會這種活動，就算興致勃勃地想建立新的人際關係，結果還是會加入原本就關係良好的集團內呢。其實這樣還ＯＫ。
不過我還掛念一件事情。

就是席羅娜沒來。

突然邀她參加酒會之類的活動，果然還是太難了嗎？或許該從白天的自助式蛋糕這種輕鬆活動開始，讓她先習慣比較好？
可是像席羅娜這種個性，總覺得即使稍微雞婆一點，也應該主動邀請她……畢竟她不會主動聯絡我。

話雖如此，這種事情每個人的想法都不一樣，沒有正確答案。到頭來不知道究竟怎麼做比較好。只有席羅娜她自己才知道怎樣才是最好的。不如說連她本人都缺乏自覺吧。

「哎呀，亞梓莎小姐，怎麼一臉不開心捏～」

哦，蜜絲姜媞主動向我開口。

「肯定啊，是體重增加了捏～？」

「去旅行讓全世界的松樹枯萎吧。」

「開玩笑捏！而且全世界的松樹是無辜的捏！要攻擊的話乾脆攻擊我——不對，乾脆讓松樹受到攻擊比較好捏……」

「一點都沒有身為松樹妖精的自尊！」

這次換悠芙芙媽媽來到我的身邊。可能喝了點酒，臉有點泛紅。

「是煩惱席羅娜妹妹吧。不用那麼擔心，總會有辦法的。」

悠芙芙媽媽果然好像已經看穿了。

「嗯，其實我覺得她自己快樂地生活就好……」

「亞梓莎，妳還很年輕。思考一件事的眼光要更長遠一點，不需要焦急。」

「我很年輕嗎……？不對，很年輕，我很年輕！才三百歲而已！」

在場成員中，我的年紀只比法露法和夏露夏大。完全沒問題。

「已經能和席羅娜融洽地說話了吧？那就很輕鬆啦，很輕鬆。」

「嗯，果然要和悠芙芙媽媽一樣樂天派才對。」

我最近凡事都太順心如意了。或許因為如此，才會過度在意席羅娜也說不定。

大家都依照自己的想法過日子，難免會有不一致，這很自然。

「真是的，都邀請我參加了，結果活動這麼隱密啊。」

遠遠傳來聲音。

回頭一瞧，發現席羅娜站在後方。

「我還以為宴會很盛大呢，結果找了老半天。」

「妳來了啊，席羅娜！」

我跑過去緊緊摟住席羅娜。

「好熱耶……況且邀請我的不就是乾媽妳嗎……」

啊，她依然露出不太情願的表情，還是別摟摟抱抱吧。

「老實說，我原本以為妳可能不會來呢。」

「這種事情不需要老實說出來。」

說完席羅娜迅速去找法露法與夏露夏，鄭重地行禮。
「兩位姊姊，好久不見了。別來無恙嗎？」
「天天都是好日子。」
「每天都很快樂喔～」
「聽兩位姊姊這麼說，我也很高興。妹妹不才，還請兩位姊姊今後多多指導、督促。」
對待姊姊與乾媽的態度差距真是露骨……
不過如此一來，我的工作就算完成了。
「席羅娜，有很多種酒呢。要喝哪一種？」
「那麼乾媽，我想喝白葡萄酒，或是田園風的白濁酒。」
連酒都是不白不喝嗎。不過白葡萄酒不是白色，而是透明的喔。
「來，席羅娜，別忘了問候各位妖精。畢竟人脈越廣越好。」
「是的。冒險家一個人的能力有極限，我明白。不過——」
席羅娜又錯愕地嘆了一口氣。
「許多妖精似乎已經醉倒了。」
我望向席羅娜視線的彼端。
剛才猛灌酒的裘雅莉娜小姐已經不勝酒力。

一個人默默喝酒的依努妙克同樣喝趴了。

蜜絲姜媞也醉糊塗了，說著莫名其妙的話。

妖精喝酒的速度怎麼都這麼誇張啊！

「大家都活了這麼久，喝酒的技巧好歹也高明一點嘛！」

「妖精果然就是這樣。比起身為妖精，身為冒險家活著似乎比較踏實。」

「大家在世界妖精會議上有稍微正經一點！該說今天選錯人了嗎……還是屬於極端個例呢……」

這樣下去，找席羅娜來可能會產生反效果。

「算了，沒關係。我能和兩位姊姊聊天就夠了。」

席羅娜好像本來就不期待，似乎沒什麼問題。當然，她的預設表情原本就很冷淡，詳情我也不清楚。

「兩位姊姊，難得月亮這麼漂亮，要不要創作幾句月亮的詩句？」

「哇～！好像很有趣！法露法也想試試看！」

「人生不該只沉溺於酒精中。沒有詩的人生就缺乏色彩——這是歐米亞克斯朝代的哲學家名言。」

似乎要開始文化水準相當高的活動。

「那就從我開始——**白狼望月咆哮。**」

連詩都要講究白色的狼啊。
「嗅嗚——嗅嗚——」
法露法開口。咦，這樣接也可以？
「唯月之友療癒孤獨。」
夏露夏接著說。嗯，畢竟是詩，就需要這種聽起來很棒的遣詞用句。
席羅娜瞄了我一眼。
「乾媽要參加嗎？」
「啊，真榮幸！可是……我不知道該唸什麼……」
「麻煩念一些女兒聽了會尊敬，能感受到教養與藝術性的高格調詩句。」
「不要強乾媽所難。」
也有可能只是為了氣人才答應我參加。
「呃，這個……」
就算叫我唸關於月亮的詩句……只好動員上輩子的記憶了……
「兔子住在月亮背面，製作以搗碎稻米為原料的特別米糕……怎、怎麼樣？」
另外以稻米製成的米糕，就是指年糕。
結果席羅娜露出不解的表情。
「這是什麼啊……為什麼會出現兔子……？雖然顛覆嘗試，卻神奇地有說服力……添加出乎意料的詞語也是詩詞的技法之一……」

哦，她稱讚我呢！

「開始第二輪吧——食用月亮的白糕者，將得到永遠的生命。」

雖然又變白了，不過年糕是白色的，沒錯。

「輪到法露法了呢。嗯～——既然能活很久，就能結交許多朋友！」

法露法說。她似乎要以類似小一生學習的歌詞風格創作。

「換夏露夏了。但是朋友終究會化為白骨，後悔當初何不只結交月亮做朋友。」

夏露夏的詩風真是陰暗呢……

「好，第二輪換乾媽了。請在三秒之內說些什麼。」

席羅娜明顯只對我嚴格耶！

「呃……與月亮相關，與月亮相關……」

再次利用上輩子的記憶吧。我只想得到這些。

「月亮公主，鑄下大錯，放逐到這個世界，最後成為貌美的女王。女王，擁有無限的生命，在來自月亮的使者來臨前，統治世界長達千年——怎麼樣……？」

這次我換成竹取物語。雖然多半超過了規定的字數。

「拜託，乾媽，這個設定是從哪裡冒出來的啊？是取自哪個神話嗎？從剛才就很奇怪喔！」

席羅娜又反應過度了！

「唔……句子太長了不能稱作詩句，不過具備獨特世界觀這一點很不錯……如果能在不削弱這種世界觀之下，改編到詩句的框架內，有機會以詩人之名馳名遠近……雖然難以稱為佳作，但可以算是怪作……」

出現了好像評審新人獎應徵作品的感想。

「就當作受到誇獎了吧。嗯，就這樣！」

「媽媽好有才能呢！」

「宛如開啟新時代的序幕。新的風氣在世間總是褒貶不一。」

兩個女兒一如往常誇獎我，感覺還不錯。

吟詩遊戲到此結束，之後教室閒話家常。

尤其法露法與夏露夏問了席羅娜各種問題。席羅娜則像來面試的人一樣，以慎重的用詞禮貌地回答。

「席羅娜小姐身為冒險家，已經非常有名了呢！好厲害！」

「身為姊姊也感到很驕傲。有這樣的妹妹是姊姊的榮譽。」

夏露夏似乎只想強調自己是姊姊。因為她只有在席羅娜面前，才會認真扮演姊姊。

「不會，還比不上兩位姊姊。今後我還得繼續努力，以免玷汙了史萊姆妖精之名。」

其實史萊姆妖精沒有那麼出名啦。

席羅娜的用詞都十分拘謹，但表情卻逐漸放鬆。

還好當初即使硬拉也邀她來參加。如果像別西卜那樣，頻繁又厚臉皮地跑來找法露法與夏露夏就好了。啊，還是別西卜來訪頻率的一半就好……

「好棒的月亮～」

我端詳女兒們的時候，悠芙芙媽媽向我開口。悠芙芙媽媽應該也很清楚為人母的心情吧。

「女兒們在月光下相親相愛也不錯呢。有種異於高原之家的美好。」

「對啊～尤其今天的月亮特別皎潔又碩大～說真的，月亮究竟是怎麼回事呢。難道它正在發光嗎？」

我想應該不是月亮在發光，但我並未了解這個世界的天體法則，所以不清楚詳情。何況因為缺乏天體的專門知識，甚至不清楚是否與地球存在於同一個宇宙。

「我想應該不是在發光……但在這個世界的話，強大魔法師讓月亮發光似乎也並非不可能……」

「即使我當水滴妖精這麼久也不知道呢。不過正因為不知道，或許才浪漫喔。」

悠芙芙媽媽靠著我的肩膀。

微醺之下吹著晚風，感覺也很舒服。

這時候，響起一陣劃破寂靜的尖叫。

「對啊！那個月亮到底是怎麼回事嘛！告訴我！拜託詳細告訴我！」

月亮妖精依努妙克站了起來。

可能從醉趴的狀態下清醒吧。不，或許該說是爛醉的結果？

「哎呀，依努妙克妹妹，最好喝點水喔。我是水滴妖精，交給我吧～」

悠芙芙媽媽連對待依努妙克都像小孩一樣……雖然依努妙克的年紀在妖精之中相當年輕。

「才不是！我沒有喝醉！我根本就沒醉！」

「看這反應，果然已經喝醉了……」

我有點嚇到。

高原之家沒有人會醉成這樣，所以我不太習慣。哈爾卡拉一下子就會醉倒，所以無害。不，她偶爾會嘔吐在奇怪的地方，算是有害吧……

「就～說～了～我哪有喝醉啊！這才是我的普通模式！」

如果沒醉都這樣，代表酒品更糟糕。

「話說依努妙克只要一開啟類似開關的東西，就會大吼大叫呢。坦承自己是月亮妖精的時候也是這樣。」

「沒錯，就是這樣～她的年紀很容易發飆喔～脾氣真不好呢。希望別變成不良少女。」

「悠芙芙媽媽，依努妙克已經成為占卜師從事正當的工作，所以不用擔心誤入歧途。她已經自立了。」

「噢，真的耶。那就完全不用擔心啦。搞定囉。」

嗯，搞定。可喜可賀，可喜可賀。

「妳們兩個，焦點錯了啦！我有沒有自立門戶不重要！重點是那個月亮！」

依努妙克高舉右手指向天空。

「什麼？變身姿勢嗎？該不會這個世界也有假〇騎士吧？」

「不是狼人的話，就算看見月亮也無法變身喔～」

「不～是～啦！」

見到依努妙克這麼嗨，女兒們和剛才醉趴的裘雅莉娜小姐、蜜絲姜媞也聞聲而來。

「我是月亮妖精耶！可是在滿月之下什麼都做不到！哪有這種事啊!?不，怎麼可以！不可以這樣！」

噢……原來是受到月亮妖精的身分刺激嗎。

嗯，依努妙克是月亮妖精。

但是她不能自由控制月亮。畢竟她如果能控制月亮撞上地表，那可就不得了……

「……對無力感到絕望也是活著的證據。反而正因為活著才能感到絕望。母母母，水母母母……」

一直發表負面言論的裘雅莉娜小姐，似乎不覺得有什麼問題。

「這種想法會讓人聯想到存在哲學。不過卻與虛無主義不一樣。正因為會絕望，才能思考活著的意義。有意思。」

夏露夏在出乎意料的地方也有相同意見。

「——有人這麼說喔，依努妙克小姐，要不要試著絕望看看？妳的絕望只屬於妳自己，不會受到任何人妨礙。」

即使席羅娜的態度很恭敬，卻相當口無遮攔。原來她對任何人都很冷淡啊……

「我才不要。月亮妖精在這麼皎潔的月光下像傻瓜一樣發呆，實在太蠢了！我又不是小丑！我想和月亮產生某些關聯！」

雖然想告訴她可能沒辦法，但我並非不能理解依努妙克的心情。

「月亮妖精在賞月宴會上束手無策，難道很丟臉嗎……」

「亞梓莎，妳很懂呢。我想讓自己更像月亮妖精一點！想連結月亮！」

依努妙克十分激動。

我不知道她究竟想做什麼，不過有幹勁是好事。

「所以我決定了。我要上月亮！」

「噢，月亮啊。的確很適合尋找自己的旅途——等等，認真的嗎！」

目的地太離譜了，變得好像講相聲在吐槽一樣。

「依努妙克，那是月亮喔？怎麼可能上得去啊!?即使以在地路線馬車之旅，花好幾天也到不了耶!?」

「什麼叫在地路線馬車之旅啊。」

原來她不知道。

「對啊，不可能到得了——我認為這是正常反應，可是，夢想只要不放棄就會實現。如果沒有信心，就什麼也無法達成。所以我要以那個月亮為目標！我絕對要登上月亮！即使比世界的另一端更遠也要去！想笑我就儘管笑吧！」

好厲害……這番話好像少年漫畫的主角……

法露法與蜜絲姜媞不知為何拍手鼓掌。代表這句話還滿帥氣吧。

但也有並未坦率地稱讚的現實主義者。

「——所以妳打算怎麼上去呢？我是登月的門外漢，希望妳能告訴我登月計畫。」

© Benio

席羅娜居然禮貌地挑釁她！

「依努妙克小姐的幹勁，我覺得非常了不起。我也想效仿，所以我想知道妳的登月計畫概要。身為冒險家的工作性質，我看過許多誇下海口的人最後一敗塗地。我想聽聽與這些失敗者不一樣，能確實實行豪言壯語的具體計畫。敬請務必賜教。」

這番話簡直充滿了惡意！

另一方面，依努妙克紅著臉低下頭去。

嗯……其實我早就猜到了，根本沒有什麼計畫吧……

「難道妳感到害羞嗎？可是妳剛才說過，夢想只要不放棄就會實現吧。既然有這麼堅強的意志，就不該因為害羞而難以啟齒。妳已經克服了羞恥心吧。」

乾女兒也太可怕了！她似乎會無限挖苦他人耶！

「席羅娜，妳說得太過分了！再說下去依努妙克都要哭了！」

結果席羅娜瞪了我一眼。

彷彿連我都成了攻擊對象。

「乾媽，我可是冒險家。冒險家這種職業如果抱持賭運氣的心情挑戰，可是會一下子失去性命的。只有謹慎再謹慎才能存活，光靠氣勢盲目猛衝的話，甚至會危及夥伴的性命。」

「嗯，我明白……」

「所以我才看不慣光出一張嘴，滿口漂亮話的人。我的意思是，不要將漫無計畫與耍帥畫上等號。這等於羞辱按部就班生活的人。請不要過於心軟而輕易放過。」

麻煩就麻煩在，她這番論調有道理……

依努妙克露出難過的表情，一句話都開不了口。她的內心已經受到了挫折……

「席羅娜，妳的用詞太嚴苛了。害對方哭泣也無法解決任何問題吧？」

「乾媽，要哭的話讓她哭就好了啊。在地下城當著魔物面前哭喊可就太遲了。難道向聽不懂人話的魔物乞求饒命，能提高活命的機會嗎？」

可惡！席羅娜實在太倔強了，絲毫不肯讓步！

完全沒料到女兒會讓人嘗到苦頭。因為法露法與夏露夏都太乖了……

不管是乾媽還是親媽，身為母親該想想辦法。

「那我幫助她變得更像月亮妖精不就得了！這樣總行了吧！」

我一大喊，四周便突然安靜下來。

甚至能聽到在不遠處類似蟲鳴的聲音。

呃，再怎麼說大家都太沉默了吧……

「來這一招嗎？」

席羅娜深深嘆了一口氣。

與其說錯愕，更像是承認對手時的嘆氣。

「知道了。既然乾媽開口，代表不會有問題。雖然我不知道更像月亮妖精是什麼意思，但肯定會付諸行動吧。畢竟乾媽很有實力。」

她應該在誇獎我，但用詞就不能委婉一點嗎。

「謝謝妳，席羅娜。」

我道謝是因為她肯退讓。

「另外我雖然是史萊姆妖精，卻從未想過活得更像史萊姆。與其受到奇怪的身分束縛，思考自己該如何快樂活下去比較重要。不過——每個人的意見都不一樣吧。」

那何必駁倒他人呢。

其實我也多少這麼覺得，可是我站在席羅娜這邊的話，依努妙克就太可憐了。

還有，她如果一開始就說別受到身分束縛，就不會演變成這種局面了。希望她考慮一下開口的順序。

「謝謝妳，亞梓莎……」

依努妙克抓著我的衣襬開口。

和我的「謝謝」分量不太一樣。聽起來彷彿真的得救一般。

「沒有啦，小事情不足言謝。」

阻止女兒失控是家長的任務。

不過席羅娜剛才想表達的意思，也是不要太在意辦不到的事情。希望她能了解，別只會單純地惱羞成怒。

「妳要讓我變得更像月亮妖精吧。是不是也會帶我上月亮……」

「啊……妳是為了這件事情而道謝嗎……」

傷腦筋，我可不知道怎麼登月耶……

總覺得事情變得相當麻煩。

「有亞梓莎小姐的幫忙，就等於已經抵達月亮了揑！重新喝一輪預先慶祝揑！」

蜜絲姜媞居然向眾人斟酒！

那邊的松樹妖精，別鬧了！不要切斷退路啦！

「啊，如果在月亮上舉辦結婚典禮，全世界的有錢人會不會產生興趣揑？舉辦費用應該可以收個五十億，甚至一百億戈爾德吧？」

又來了，馬上就想到賺錢……

「反正又沒人知道登月究竟得花多少錢揑。要說多少都行揑！說不定有機會揑！」

拜託別在腦海裡打如意算盤。

由於愈來愈涼，在月亮下的宴會也即將告一段落。

當然，我還剩下一個問題。
究竟該怎樣才能登月？
如果有手機，就能搜尋「如何登月」了。
不過就算搜尋到某些提示，能不能執行又是另一回事……
等一下。既然是在酒席上發生的事，如果置之不理，說不定可以就此算了吧。
想必席羅娜也不會追問登月計畫的進度吧。她應該對登月不感興趣。
好，就暫時別理這件事吧。
大人需要這種處事哲學……
畢竟我不是少年漫畫的主角，不用真的登月沒關係……

◇

幾天後，依努妙克來到高原之家。
「欸，要怎樣才能登月？」
「原來妳沒忘記啊……」
我心想自己太輕率了。搞不好我才是在酒宴上誇下海口，結果弄巧成拙的人。
可是木已成舟。依努妙克露出信賴的眼神看著我。

「拜託，我可沒說過要讓妳登月耶？只是幫助妳變得更像月亮妖精，好嗎？」

我降低門檻。

「嗯，可是提到更像月亮妖精，果然還是登月吧。」

她居然來勁了……最近我也為了這件事情焦頭爛額。

「登月的方式不能靠妳的占卜找出答案嗎？」

「如果能知道的話，我早就占卜三百次了。」

也對啦。那可就束手無策囉。

難得有重大危機來臨……

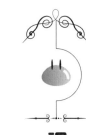

調查是否能前往月亮

「應該至少有方案吧。我可以一個個嘗試亞梓莎妳提出的方案。」

聽到月亮妖精依努妙克這麼說，我低下頭去。

雖然我沒看鏡子，但我多半在苦笑。

人碰上真正麻煩的事情，真的只能笑而已。

「…………沒有。」

「嗯？我沒聽見喔？」

說第二遍真得更難過耶！早知道一開始就該大聲說！

「沒有！登不了月亮！」

「咦！沒有嗎？不至於吧？至少會有些方案吧？」

她抓住我的肩膀搖晃。就算再怎麼晃，沒有的東西就是沒有。

She continued destroy slime for 300 years

「沒有啦～那畢竟是月亮耶……一直朝天空飛上去也太不現實了……」

「想辦法不就是亞梓莎妳的任務嗎！幫幫我嘛！讓我更像月亮妖精嘛！這可是我的身分危機耶！」

她的要求比打敗傳說中的惡魔難上許多。

附帶一提，我向法露法打聽過以前是否有登月的例子。頂多只有這樣。

法露法的回答是「沒有人去過喔～」

還有我也問過萊卡與芙拉托緹「如果龍族一直往高空飛，最後會怎樣？」

達到一定高度後，空氣變得稀薄，會導致窒息。

即使是在奇幻世界，我們能活著似乎也是靠氧氣。高空氧氣稀薄似乎和地球沒兩樣。否則就不會和地球一樣生長著相同的植物，人類賴以為生吧。

可是沒有盡可能嘗試的話，依努妙克多半不會接受吧。

「依努妙克，這可是很大的計畫，得謹慎調查才行。所以一點一點努力吧！」

我勉強說出積極的話。

「知道了！我一定會想辦法登月！成為這個世界上首次登月的人！」

拜託現在別說得太理想。萬一真的沒辦法，她又要傷心了……

「不過說真的，我也知道再怎麼努力，多半也無法登月吧。」

依努妙克忽然露出寂寞的笑容。

「可是我希望竭盡能力掙扎後，才知道不可行。我不希望在一無所知之下做決定。」

「依努妙克……妳……」

原來她早就有自覺了嗎。

「……那怎麼不當場告訴席羅娜啊！何必拖到現在呢！」

「當著大家面前太丟臉了，我怎麼好意思開口！當時只能對史萊姆妖精較勁啊！」

結果只有我被耍得團團轉！

「哎……要登月看來只能問問看神明了……」

咦。

等一下。

去問問看神明吧。

◇

我和月亮妖精依努妙克乘坐化為龍型態的萊卡，前往仁丹大教堂所在的仁丹尼亞。

長年在這個世界當神明的仁丹，知道某些方法也不足為奇。

不過我一說要見神明，依努妙克起先十分震撼。

「不會吧!?神明不是見不到面嗎？那可是神明耶？」

「妳也是妖精啊，我覺得差不多耶……」

我反倒想問這個世界的神明，與妖精究竟有什麼差別。我總覺得只有階級的差距。

神明原則上都生活在這個世界上，卻不在眼睛看得到的地方吧。仁丹不論在大教堂內怎麼閒逛，一般人也不會見到她。妖精雖然因人而異，但大多過著與人類幾乎無異的生活。

不過梅嘉梅加神卻毫不保留顯示實體，或許不適用這種分類法……總之那位女神就當成特例吧……她本來就不是這個世界的神明，算是外來神。

之前飽受蚊子與鱷魚之苦的仁丹大教堂池塘，現在已經整理得美輪美奐。

看著自己之前努力過的地方，感覺心曠神怡。

「嗯，庭園變得好清爽，真棒！」

「妳還真喜歡庭園呢。這裡其實不壞，卻太老氣了，感覺不到攻勢。乾脆在池塘裡放養幾條鱷魚算了。」

「這樣會害辛苦化為泡影，不行！」

當時可是放光所有池水，恢復環境整潔耶。

「話說來到大教堂，就能見到那位叫仁丹的神明嗎？」

「嗯，應該可以。」

我們進入大教堂，走向仁丹女神的銅像。

「拜託，那是神像，不能算見到神明吧。如果是那位神明的信徒，或許見到神像會感激……」

「就說現在要去見本尊啊。」

我握住依努妙克的手。

「咦？難道這裡的規矩是兩人要手牽著手走路？」

「不是規矩的問題。好像是因為移動中放手的話會有麻煩，所以暫時別放開喔。

「呃……我不太懂妳的意思……能不能用簡明易懂的方式說明……我在占卜時可萬一在神祕空間失蹤，可就真的束手無策了。」

不會用這種精神層面的言詞唬弄客戶。」

以占卜為業的妖精居然會覺得我可疑，這樣很怪吧。

「好，現在衝進那座銅像內。放心，不會痛的。」

「咦？撞上銅像會痛吧！應該說會遭到天譴！」

我無視依努妙克的抵抗，衝進銅像內。

不知不覺中，我來到了之前魔法陣在許多地方飄浮的空間。
這裡缺乏腳踏實地的感覺，有點詭異……彷彿搭電扶梯一口氣下降的感覺……
「好，可以放開手了。」
依努妙克一臉茫然。原來第一次見到，連妖精都會感到驚訝啊。
仁丹就在我們面前。
如果她今天不在，我會有種耍寶的感覺，還好她在。
「哦，這不是亞梓莎嗎。好久不見了。」
仁丹的問候以神明而言顯得不拘小節，但她立刻一臉陰沉。似乎心中不滿。
「不過啊，拜託別帶別人進入朕的空間好嗎。朕可不是能輕易拋頭露面的哪。」
她覺得自己遭到輕視了嗎，其實我明白她的心情。如果有人說他認識神明，然後帶朋友來的話，的確滿麻煩的。
「這次就網開一面吧。還有這女孩是妖精，所以就別計較了。」
「唔，是嗎？看來是較為最近誕生的妖精吧。」
神明在這方面比較好說話。
依努妙克則緊張地渾身僵硬，宛如向打工地點的前輩打招呼般說「呃，這個……您辛苦……了……」原來妖精在神明面前也會害怕嗎。
可是仁丹的表情卻開始發愁。

「啊？月亮妖精？又來了稀有人物哪……到底是什麼屬性啊……」
居然連神明都糊塗了！
話雖如此，她第一眼就看穿依努妙克是月亮妖精，代表有機會。
「仁丹，這位依努妙克是月亮妖精，卻絲毫沒有與月亮相關的力量而感到懊悔。所以如果能登月的話，希望妳幫她達成願望。」
我認真地注視仁丹的眼神開口。
以前我幫過仁丹一次，她應該會協助我。
「呃……說得保守一點，怎麼可能上得去呢……」
「連神明都束手無策!?」
看來比想像中還要困難……
「妳說月亮，可是連朕都不太了解月亮哪。頂多只知道是圍繞這個世界旋轉的球體。」
「不會吧！妳不是神明嗎？掌管這個世界的真理耶？一秒鐘就好，拜託帶她去嘛！」
我牽起仁丹的手，用力晃了晃。
「朕可不是小氣，也不是捨不得！雖然朕掌管這個世界運作的道理，但月亮可是不同的世界！在管轄範圍之外哪！」

不同的世界？原來是這樣……畢竟是不同的星球……
不對，可以這麼快就接受嗎。
「這個世界不是也有月神嗎？太陽神和月神應該很常見吧？拜託月神總該有辦法吧？」
「辦不到應該就是辦不到……不過朕聯絡認識的月神，嘗試確認看看，妳們等等。」
好，似乎有月神的人脈。果然凡事都該問問看。
依努妙克也露出至今最期待的表情。
然後仁丹轉身背對我們。
似乎要聯絡對方。
「噢，是朕啦，仁丹。有個想登月的月亮妖精來到朕這裡，月亮能登得上去嗎？嗯，嗯。嗯嗯。」
好像在打電話。
三分鐘後，仁丹滿臉笑容轉回來看我們。
看她的表情，意思是有機會？
「她似乎完全不知道怎麼登月。」
「原來不行啊！」

「妳想想看。如果太陽神讓太陽靠近這個世界，屆時這個世界就毀滅了吧？太陽神沒有這種力量，無法自由控制天體。」

她的說詞好像我之前的想法。

日本神話中也有太陽神，但她沒有自由移動太陽的能力，也無法利用太陽消滅敵人。這種角色強過頭了。

「連到了這一步都不行啊……哎，好難過……月亮怎麼不爆炸算了……」

依努妙克頹然跪倒在地。月亮要是爆炸可就天下大亂了，拜託別鬧。

「不如說，朕不明白妳為何要登月。活在這個世界上不就好了嗎，在月亮上什麼都做不了。上頭真的什麼也沒有。」

我和仁丹的意見相同，可是一開口就沒救了。

「不是有前往國度最北端或最南端的土地，以供紀念的人嗎？大概是基於這種旅行者的價值觀吧？」

在日本也有人大老遠跑到宗谷岬（註1）的人。或是搭在地線路前往最後一站。

「朕完全無法共鳴，所以不明白。在神殿內自在地待著比較好。前往盡頭很不方便吧。正因為不方便才叫做盡頭。」

註1 日本最北端。

果然我和仁丹有同感，很難反駁她……
不過她已經幫忙洽詢月神，而且得到的答覆是不可能。如此一來也不好意思再向仁丹開口……
「仁丹，剛才麻煩妳了。我再問問看別人。」
「抱歉給您添麻煩了，神明。」
依努妙克也深深低頭致謝。總不能對神明失禮。而且還有被變成青蛙的危險，所以是正確的選擇。
「唔……不要露出朕沒派上用場的反應！辦不到就是辦不到！忍耐點！」
「要是說出忍耐這兩個字就沒救了，所以我會再掙扎一下。」
「反正妳打算拜託梅嘉梅加神吧？要是讓她解決了，朕會非常不爽，所以不准去。」
「好任性的要求！」
另外我的確打算去找梅嘉梅加神。
畢竟我不認識其他神明。
「沒啦，不一樣的神明有不一樣的工作與立場啊。只是去拜託其他神明幫忙，不是瞧不起妳啦……」
「知道了。不過就算見到她，也不准說朕什麼也辦不到。」

明明是神明，也太過於計較小地方了吧。

「亞梓莎，妳認識好幾位神明呢……究竟是何方神聖？難道類似操縱傀儡國王的邪惡大臣？」

「為何要添加邪惡的要素啊？」

我明明為了依努妙克而努力，她的反應好過分！

「對了，月亮妖精，妳也禁止宣揚仁丹女神什麼都做不到。要是亂說，朕就將妳變成青蛙。尤其不准告訴梅嘉梅加這一號人物。」

「好、好的，我不會告訴任何人！」

這女神真是心胸狹窄……

不過仁丹的私下安排卻無濟於事。

「哈囉，大家午安，或者說大家晚安，我是梅嘉梅加神～」

梅嘉梅加神居然闖入仁丹的空間！

「哇，不要突然跑進來！朕可沒找妳來！」

「哈哈哈哈！我可是神明喔？而且和妳這種地區分店長等級不一樣，在總公司以更上一層樓為目標喔！…………不過因為犯了錯，目前遭到降職。出人頭地的計畫就此告終。」

到底是虛張聲勢，還是自曝黑歷史，拜託兩個選一個吧。

「這次究竟又是誰啊……？看起來似乎不太了不起。」
依努妙克，即使她看起來不怎麼樣，卻是真正的神明喔。
我簡單向混亂的依努妙克說明梅嘉梅加神。
兩位神明正展開口舌之爭，應該沒關係。
「話說我聽見了妳們的所有對話內容！真是的，神明還這麼小肚雞腸，哈哈哈哈！」
「變青蛙吧妳。」
從仁丹女神的雙手發出藍白色光芒，擊中梅嘉梅加神。
頓時出現一隻巨大的青蛙。
「哇！又變成青蛙了呱！」
「誰叫妳開口挑釁她！這算是自作自受！」
「叫梅嘉梅加的神或許很了不起，但是破綻太多了。暫時當青蛙反省一下。」
「提到反省就想到猴子呱。」
不要在異世界提到只有曾為日本人的我才懂的哏啦。
梅嘉梅加神可能無意認真與仁丹打架而放心，安分地在場當一隻青蛙。感覺好奇怪……
「所以亞梓莎小姐，那位月亮妖精想去月亮，沒錯吧？」

「原來要保持青蛙的模樣進入話題啊……」

就算多在意一點威嚴應該也不會遭天譴。能不能和仁丹加起來除以二啊。

「好的，青蛙小姐！我想做些更像月亮妖精的事情！所以我想登上月亮！」

因為剛見面就變成青蛙，連依努妙克都當梅嘉梅加神是青蛙……

不過以結果而言，省下跑去找梅嘉梅加神的功夫。

好，結果會如何呢。

話雖如此，其實我們只是依次向有可能的對象打聽而已。

如果連梅嘉梅加神都說無法登月，就只能放棄了。

「既然妳這麼拜託，就沒辦法了呢～以我的力量，要帶妳登月也不是問題。」

「啊！原來可以啊！」

「太棒了！謝謝妳，青蛙小姐！」

我和依努妙克忍不住牽起對方的手。

拜託神明的方法奏效了！

「哼……輸給這傢伙真不甘心……朕總有一天要洗刷這番屈辱……」

仁丹非常不爽，不過拜託以打牆壁的方式紓解壓力吧。

「我的立場畢竟是掌管數個空間的女神呢～從這裡帶妳登月都是輕鬆寫意小case。」

就說別用只有曾為日本人的我才聽得懂的哏啦。

「梅嘉梅加神，飄浮在空中的那一顆可以叫做『月亮』吧。」

我在意的是，月亮與太陽的概念與上輩子是否有互換性。有些奇幻世界甚至有兩個月亮。

「嚴格來說與亞梓莎小姐上輩子見過，名叫月亮的天體偶然同名，但兩者是不一樣的。意思接近最靠近這個世界，特別顯眼的星球。」

聽她的形容方式，代表地球似乎不在這個宇宙之內的某處。

「以我的魔法發射到月亮上吧。這麼一來就能登月囉～」

哦！好像太空梭耶！

「謝謝妳，亞梓莎！都是妳的幫忙！」

這次依努妙克緊緊摟住我。

聲音帶有一絲哽咽，她似乎快喜極而泣了。

「我原本以為登月是不可能的……結果居然能成真……實在太感激亞梓莎與青蛙小姐了……」

她還沒改變青蛙這個稱呼，但其實沒什麼不好。

「雖然我和梅嘉梅加神都幫忙，不過一切的開端是依努妙克妳啊。妳想登月的信念讓不可能變成了現實。」

如果那場月亮下的宴會沒有找依努妙克，就不會發生任何事。

雖然席羅娜曾經生氣，叫她別亂說話，但由於席羅娜的反駁，最後導致我插嘴干涉。可以說一切都連起來了。

整件事情都從依努妙克主張要登月開始。

說出口的當下，就產生了實現的可能性。即使我和依努妙克都沒有建造太空船的經驗，卻都感動不已。

「朕雖然幫不上任何忙而不甘心，但既然解決了就是好事。」

仁丹似乎也祝福我們。

「不過朕感到不爽，就暫時讓她當青蛙吧。」

這一點真是心胸狹窄！

「哇～舌頭可以伸好長喔！若是人類的話肯定是世界新紀錄～！」

梅嘉梅加神伸出長長的舌頭。

「那隻青蛙真當成遊樂設施一樣玩起來了啊。」

「好像是……」

即使遭到降級，她大概也不太失落吧……她振作的速度似乎非常快。

「話說青蛙小姐，要怎麼登月呢？」

依努妙克開口詢問。她已經露出迫不及待要登月的表情。對月亮這麼堅持的這一刻，已經是不折不扣的月亮妖精了。
「嗯，以魔法產生極為強大的力量，藉此朝天空發射。一口氣將妳送上月亮。」
她說得輕描淡寫，可是方法很誇張耶。
「好厲害！青蛙小姐真是偉大！」
「不過，有一點小問題呢～」
我有不好的預感。
其實算不上預感，因為梅嘉梅加神已經說有問題。但是老實說，我一點都不認為問題很小……
「什麼問題，青蛙小姐？像是消耗瑪娜的量很劇烈嗎？」
「以月亮妖精小姐的方式比喻，就是穿過比這個世界的天空更上方時，有一層能量層。」
「一旦進入能量層，妳應該就會消滅。」
「嗯嗯，要穿越那層能量層旅行吧。」
看，果然不是小問題！
這類似衝出大氣層吧！
「梅嘉梅加神大人，那這樣豈不是無法登月嗎！」
「哈哈哈，若是這個世界最強的亞梓莎小姐，倒是有一丁點突破的可能性喔～雖然完全不建議。」
這好像不只是強弱或開金手指之類的問題……
「還有一旦來到俗稱的外太空，亞梓莎小姐應該明白我的意思。以人類的身體——會死翹翹。」
「果然沒錯！」
「我不知道妖精小姐的身體是怎麼組成的，但基本上應該會沒命。那好像會導致身體破裂吧？無論如何都會無法呼吸，然後死掉！既然妳是妖精，即使身體毀滅應該也會留下意識，但是就回不了這裡囉！」
別說得這麼有精神！
「那不就什麼也無法實現嗎！」
「如果以超快的速度朝月亮發射，或許肉塊會抵達月亮也說不定！換句話說在物理上算是抵達了！耶！」
她一開始就知道不可能，卻還這樣說吧……
「仁丹，將這位神明變成青蛙吧。」
「她已經變成青蛙了，所以沒轍。」
我心想好歹報復一下，使勁拉扯青蛙的臉。
「摸起來有點滑溜溜的……還有，可以伸得好長……」

「哇，感覺好奇怪～」

她不只沒反省，甚至更開心了。

「另外能不能打造太空船啊？」

「這個世界的居民沒有上過太空，所以完全沒有相關魔法。即使亞梓莎小姐是世界最強的生物，也無法掌握世界上所有生物的一舉一動吧。不論多強，總是有極限在。」

雖然她的口氣聽起來像教訓，可是青蛙的外表讓我絲毫沒有共鳴。外表很重要。

「我剛才也說過，就算抵達了月亮，也會回不了這個世界，形同自殺喔。還是放棄吧。」

「那麼登月的方法——」

「如果要規定活著抵達，還要活著回來的話，沒辦法。」

她說得斬釘截鐵。

意思是就算是神明，能力依然有限吧。

「如果我像以前擔任更高階管理者的話，是可以讓月亮撞上這個世界。可是這個世界會毀滅喔。」

「拜託不要讓月亮主動接近！」

沒必要讓世界的命運放在天平上衡量。

「就是這樣，任何事物都有極限。不，如果設計一種魔法，創造出能承受任何高溫，任何重力的環境，以及任何輻射線都能存活的生物。再將月亮妖精小姐的意念轉移到生物上，朝月亮發射的話，倒也不是不可能。」

「讓我過慢活生活吧。」

我可不想創造出連瘋狂科學家都嚇一跳的生物。

很可惜，我個人已經得到不可能的結論，彷彿內心的重擔也放下了。

很多局面下，堅持不放棄很重要。

但凡事並非不放棄就一定能達成。

比方說，人類不論怎麼訓練，都不可能以肉身在太空中旅行。幾乎所有事物都有極限，知道什麼做得到，什麼做不到並非壞事。

可是——

依努妙克一臉茫然虛脫的表情，看得我好不忍。

「謝謝妳們，亞梓莎，仁丹女神大人，青蛙小姐。」

雖然在笑，她卻缺乏生氣，或者該說幹勁。

好像決定退休的運動選手。釋懷的表情可以解釋成附在身上的執念脫落，卻也給人枯槁的印象。

「知道不可能後我輕鬆多了。我會平淡地當個月亮妖精活下去。」

嗯，原來從一開始就辦不到啊。

我現在才明白，席羅娜的抱怨是對的。

席羅娜是在勸阻她，避免光出一張嘴而脫離現實。

否則受傷的人反而是她。對冒險家而言，超出能力的行動會導致沒命。在席羅娜眼中，肯定覺得依努妙克的生活方式很危險。

話雖如此——身為月亮妖精卻無能為力，感覺好可憐。

如果我是月亮妖精，我同樣會希望名副其實。這種想法肯定很正常，也並非不自量力。

難道不能幫助她從事一些更像月亮妖精的活動嗎。

我最近參加過什麼嗎。有沒有可以當作提示的活動呢。

我回想最近的活動。

——大會特別多呢……

像是肉食大會或點心大會，換句話說，慶典特別多。

不過月亮大會大概無法舉辦。因為根本沒有月亮料理。

唔。大會的形式不一定非得林列餐飲攤販。那叫餐飲大會，屬於大會的範疇之一。

如果舉辦不同的大會，說不定有搞頭。與其說大會，能不能舉辦慶典呢。

這方面我是外行，不知道能實現到什麼程度。但總之再努力看看。
我拍了拍依努妙克的肩膀。
「試試看能不能舉辦月亮妖精的慶典吧。所以要失落的話，再稍微等一下吧。」
「慶典？大家一起唱『露娜露娜～月月月～♪　月月月月～♪』嗎？」
「這種慶典哪裡有趣了？……………等等，該不會出乎意料地不錯……？」
我的靈感頓時如虎添翼。
「依努妙克，就是這樣！妳的想法不錯喔！」
我牽起依努妙克的雙手緊握。
「啊？我完全沒聽懂耶……」
目前先別透露太多細節吧，說不定會變成空歡喜。太多事情必須依序搞定才行。
「哦，表情變得積極多了哪。很好，很好，這樣就大功告成了。」
仁丹，距離大功告成還差得遠呢。
不過慶典的大方向已經浮現。
「正是知道極限的那一刻，才有機會想到超越極限的方法喔。比方說，現在蟲子吃起來有可能特別美味呢。呱呱～」
青蛙以驚人的彈性跳得老遠。
「煩死了！不要一一嘗試青蛙的功能！」

「反正我已經不會再被變成青蛙，所以無敵了呱！」

與神明交朋友，信仰的崇敬心就會愈來愈淡薄呢。

聽說梅嘉梅加神之後繼續當青蛙，生活了一段時間。

之後好像還推出了一本新的經典『青蛙之書』，不過我沒看。

◇

我和依努妙克暫別後，決定在檯面下調查自己的方案是否能實行。

地點是一個問題，但如果沒有人願意參加，一切都是白搭。

碰到這時候，我幾乎都會前往魔族地區。

在魔族地區有魔王的人脈，比起在人類地區辦事方便許多。

我前往某場演唱會結束後的休息室。當然已經獲得了許可。

一開門，便聽到活力十足的聲音喊「好久不見了，亞梓莎小姐！」迎接我。

「辛苦了，真是精采的演唱會，庫庫。」

菈米娜族的庫庫——目前在魔族地區已經是大受歡迎的歌手。

一隻手持魯特琴，唱遍人間悲喜（不過「悲」的比例特別高）的模樣引起許多魔族，以及一部分對流行十分敏感的人類共鳴。

「已經完全有歌手的架勢了呢。一進入房間就感受到氣場。」
「捧殺可不好喔，我還是小咖啦。不如說，如果失去自己是小咖的自覺，可能連感動人的曲子都會寫不出來。」
這種想法好像唱四疊半民謠（註2）的人……
「目前除了定期的演唱會，大型工作只有創作大會的主題曲。只要形成配合，我應該也可以協助。」
庫庫參加的大會是什麼呢。魔族世界的活動還真多呢。
「有件事情想找妳商量一下。不過目前還沒脫離空想的領域，所以我在零基礎上問問妳的意見。如果完全辦不到，希望妳能坦率告訴我。」
有專家朋友最大的好處，就是可以聽聽專家的觀點。
以我的立場，不論怎麼思考都無法脫離自己立場的狹窄範圍。
庫庫一邊到處筆記，同時認真地聽我說。
光是能讓人氣歌手騰出這段時間，就是我的光榮。
「應該有機會。我試著向各位吟遊詩人打聲招呼，能等我一段時間嗎？」
「我知道了。就算不行還是拜託試試看囉？」

註2　四疊半約兩坪多一點，此類曲風以居住在四疊半房間的貧困情侶生活為主。

對於我的要求，老是唱悲觀歌曲的庫庫用力點頭同意。

之後比我預料中更快得到結果。

庫庫似乎馬上派遣通訊用飛龍前往各地。

至於可能不可能——答案是可能。

接下來只剩下徵詢月亮妖精，願不願意參與這項計畫。

設立於蜜絲姜媞神殿總部門前城鎮的占卜店「月亮的引導」，我等休息之後才前往。依努妙克在這裡以占卜為業。

「噢，亞梓莎，可以免費幫妳占卜喔。」

工作結束後的依努妙克正在吃晚飯。

「依努妙克，我想舉辦月亮妖精音樂大會，怎麼樣？」

「亞梓莎，難道妳接收到來自月亮的奇怪電波了嗎？我更想要這種設定耶。」

她心不甘情不願地擔心我……

不過我說明詳細內容後，依努妙克的反應也跟著改變。

至少她停下了吃飯的手。

不過與其說開心，正確來說是困惑。

「聽起來很不得了，但是會這麼順利嗎……」

「老實說，在揭曉之前都不知道，有可能一敗塗地。我能做的只有提議而已。」

就像無法登月一樣，這次可能也不行。

「結論交給妳決定。妳隨時做出結論都可以——」

「我願意。」

很快便得到了答案。

「不需要占卜，月亮叫我去做。不，不是月亮，而是我想參加！我希望眾人認同我是月亮妖精！」

依努妙克露出非常堅定的眼神。

悠哉度日也不錯，但朝某個目標努力的態度也不壞。

準備舉辦月亮妖精音樂大會吧！

◇

在冬季寒意愈發明顯之際，這樣的廣告張貼在各地的演唱會會場上。

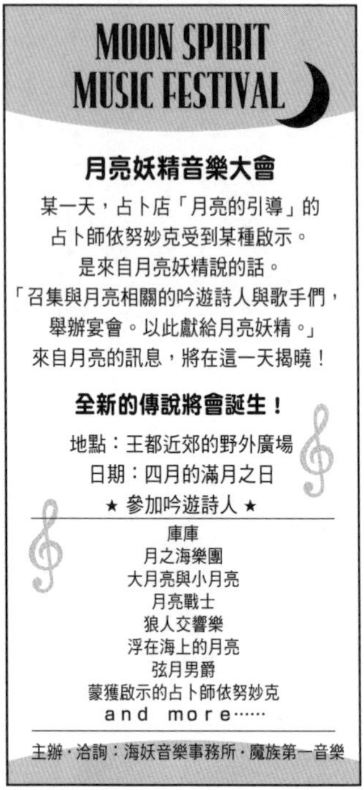
MOON SPIRIT
MUSIC FESTIVAL
月亮妖精音樂大會
某一天，占卜店「月亮的引導」的
占卜師依努妙克受到某種啟示。
是來自月亮妖精說的話。
「召集與月亮相關的吟遊詩人與歌手們，
舉辦宴會。以此獻給月亮妖精。」
來自月亮的訊息，將在這一天揭曉！
全新的傳說將會誕生！
地點：王都近郊的野外廣場
日期：四月的滿月之日
★ 參加吟遊詩人 ★
庫庫
月之海樂團
大月亮與小月亮
月亮戰士
狼人交響樂
浮在海上的月亮
弦月男爵
蒙獲啟示的占卜師依努妙克
and more……
主辦・洽詢：海妖音樂事務所・魔族第一音樂

我個人的感想是，看起來超可疑。
可是委託製作海報的魔族設計師，同時也負責庫庫的宣傳用海報。應該沒關係吧，姑且信之……或許對參加演唱會的人而言，這種風格正好。
我完全不知道吟遊詩人的名號，但根據芙拉托緹的說法，似乎「從老手到備受矚目的新人都齊聚一堂，還不錯」。就相信那邊也沒問題吧。
基本上只能相信了……
然後我乘坐芙拉托緹，還向各地告示牌等處徵求許可，到處張貼海報。

「雖然打算盛大舉辦，但如果只來了三名觀眾，會不會產生負面宣傳效果……依努妙克會更加消沉吧……」

海報剩沒幾張的時候，我心中再度浮現不安。

「不用擔心，主人。這幾位都是與月亮關係匪淺的吟遊詩人，觀眾會來的。」

芙拉托緹有很深的音樂造詣。

「雖然以月亮為概念，還好沒有限定風格。只要尋找名稱包含月亮的吟遊詩人即可。」

「印象中好像很多吟遊詩人帶有星辰的名稱。」

「如果以鮮血之類為概念，就是清一色死亡系，可能會變成死亡系吟遊詩人的聚會。」

「還好依努妙克不是鮮血妖精……」

若真的這麼極端，可能就只是純粹的魔族了。

「死亡系吟遊詩人的活動也很多，其實相當有趣。如果沒有練習怎麼甩頭，還會扭傷脖子呢。」

「原來是這世界上有許多我不知道的爭執啊……」

「可是花系的吟遊詩人一多，單純來聽死亡系的粉絲與花系的粉絲之間可能會打起來。要維持平衡真困難呢，主人。」

「就算妳問我，我也完全不明白。」

不知不覺中，變成聆聽芙拉托緹發表關於吟遊詩人的淵博知識。

「很久以前，吟遊詩人剛興起的時候，據說世界上只有鐵系與破裂系。雖然那是上古時代的事情，彷彿只存在於傳說而已。」

聽起來好像金屬系與龐克系（註3）……

「據說當時的粉絲每天都在抗爭。甚至號稱清醒的人絕對不可以聆聽任何一派。」

「原來吟遊詩人是不良分子聽的啊!?」

我原本以為更加優雅，結果完全相反。

「以上始終是指雲遊的吟遊詩人喔？類似貴族專屬的吟遊詩人則完全不一樣。以前大家都害怕遊歷全國，突然在城下町舉辦演奏會的雲遊吟遊詩人。相較當時已經十分和平了。雲遊吟遊詩人目前也形成了一門正經的生意。」

聽起來真的就像音樂業界的故事。

「這次出場的『月亮戰士』屬於便服系的矚目新人，『狼人交響樂』則是過剩系之中的變裝系。也有人認為這一系與花系相同，不過變裝系的音樂性比較接近犯罪系。」

註3 龐克在英文的本意是破裂。

「啊，這種專門的話題就不用了。」

以前我就覺得，分支風格實在太多了，完全聽不懂她在說什麼。

「音樂性有點過於寬廣，粉絲層十分零散。不過最近的粉絲已經不會打架、破壞會場，或是攜帶刀械參加了，應該可以放心。」

「拜託別在會場打起來……這樣會造成庫庫隸屬的音樂事務所麻煩。」

我和依努妙克不可能營運這場活動，所以拜託庫庫目前任職的吟遊詩人事務所，名叫海妖音樂事務所等單位。

魔族的世界既有雲遊各地的吟遊詩人，也有在劇場演唱的歌手。

「魔族的雲遊詩人似乎偏多，不過庫庫的演奏可以透過魔法直播擴散，應該有辦法解決。」

「噢，還有魔法直播這種東西呢……」

由於某個類似◯管直播的節目，消息已經在部分對魔族情報十分敏感的王國居民中擴散。據說庫庫的音樂也廣為人知。

「多虧妳的解說，我放心多了。或許會有觀眾前來吧。」

「是的，這一點沒有問題。應該有很多人想來參加。」

畢竟我對這一行完全陌生，現在就像吃了定心丸。

「另外就是當天的天氣，這只能靠運氣了。」

啊！還有這種問題！

「尤其是『浮在海上的月亮』，號稱呼喚風暴的吟遊詩人。據說以前舉辦十萬人規模的活動時，事先準備的道具被風暴吹跑。不過以廢墟為背景演奏音樂，也別有一番風味。」

「要是連風暴都引來就麻煩了！」

「這樣還算小事呢。尤其是大型音樂大會都會伴隨麻煩。像是在山中盆地舉辦活動，導致路線馬車大塞車。所有觀眾足足花了兩天才散場完畢。或是有吟遊詩人晚了四小時才開始表演，結果最後一班路線馬車早就跑光光，造成大量返家難民。活動總是少不了這些逸聞。」

難道吟遊詩人只會惹事生非嗎。

不過野外活動，天氣是相當重要的因素……

之後我去找蜜絲姜媞。

「想辦法拜託風妖精，利用風力避免多餘的雲層靠近會場周邊！雨雲就讓其提早通過！」

「就算突然這樣要求，也不確定能不能成功捏！比起颳風，風妖精更喜歡散布謠言捏……」

就不能擅長颳風嗎。

「盡可能多找幾人幫忙！要是看不見月亮，觀眾會留下不好的印象！」

我可能也愈來愈厚臉皮了。

只要能派上用場，不論魔族、妖精或神明我都來者不拒。

月亮妖精音樂大會的舉辦日期愈來愈接近。

由於我插手幫忙，因此經常到依努妙克的店裡露臉。

依努妙克也一臉嚴肅，確認表演順序等事項。雖然無法告訴觀眾自己就是月亮妖精，卻必須扮演蒙獲啟示的占卜師登臺。

「好，有機會，有機會喔……」

「嗯，讓大眾知道月亮妖精的名號。」

已經盡了一切努力。

接下來就剩下開演後炒熱氣氛！

◇

終於，終於到了音樂大會的當天。

會場前一大早就擠得人山人海！

觀眾多到以為發生了什麼大事！

天氣也是幾乎無雲的藍天！

「太好了，幾乎等於成功啦！」

「面對風妖精暫時抬不起頭了揑……結果被迫提供了許多傳聞揑……」

甚至還造成了蜜絲姜媞的麻煩。

「他們甚至叫我大量提供在神殿舉辦婚禮的名人八卦揑……」

「這已經完全違反妳的職業道德了吧……」

風妖精似乎臉皮比城牆還厚。難道他們會讓左鄰右舍常見的愛八卦大嬸變成無敵嘴砲王嗎。

「先別管風妖精……蜜絲姜媞妳也希望這場活動能成功吧。」

「因為依努妙克小姐也為蜜絲姜媞神殿的生意貢獻了心力揑。」

畢竟是妖精朋友嘛。

「依努妙克小姐出名的話，會有更多人光顧蜜絲姜媞神殿，很棒揑！」

聽起來太露骨了，拜託別提到錢。

正午時分，大會開幕。

首先登場的是老牌吟遊詩人團隊。

吟遊詩人名稱與作品都與月亮有關。
我在舞臺後方聆聽，發現會場歡聲雷動。
原來粉絲這麼熱情啊。
另外由同樣待在後臺的芙拉托緹負責解說。
「一開始就有好幾位人氣吟遊詩人登臺呢。會場氣氛勢必十分熱絡。」
「芙拉托緹，今天妳可以多多解釋給我聽。否則我根本無法跟上表演的節目。」
至於我該做的工作，倒是有。
月亮妖精本人必須由我負責照應。
依努妙克以長袍遮住整個眼睛，營造出可疑占卜師的氣氛。
但是光看她的嘴角，就知道她非常緊張。
畢竟有無數觀眾在等待她，其中沒有任何人是她的粉絲，有一半是客場作戰。
換句話說活動的主角最默默無名（因為她甚至不是吟遊詩人），整個企劃危如走鋼索。不過正因如此，才能聚集種類如此豐富的吟遊詩人參加。
「唔……已經感受到沉重壓力了……如果幾千人露出『她是誰啊』的視線，我可能會爆炸……」
「比登月簡單多了，鼓起勇氣吧。」
我伸手推了一把依努妙克的背後。

「有機會！好，上臺吧！」

輕輕乾咳後，依努妙克登上舞臺。

會場一片寂靜，儼然對登臺人物感到陌生。

畢竟沒有人會呼喊依努妙克的名字炒熱氣氛。

「呃，這個……大家好，我是占卜師依努妙克。這場大會是由我蒙獲月亮妖精的啟示而舉辦的。」

登臺現身後，觀眾也開始聚焦在依努妙克身上。

「我現在要演唱與啟示一同蒙獲的歌曲。如果會唱的話，希望各位也跟著一起唱。」

然後她開始在眾多觀眾面前唱起那首怪歌。

「露娜露娜～月月月～♪　露娜露娜～月月月～♪　滿月，半月，弦月，雖然有好多種月亮～♪　但是月亮公公的外型永遠都是圓球～♪　真是神奇呢～♪　露娜露娜～月月月～♪　露娜露娜～月月月～♪　月月月月～♪」

嗯……不論聽幾次都覺得這首歌很搞笑……

所有觀眾也一臉茫然。

如果有人聽了這首歌會讚不絕口，他大概率是怪人。
但是依努妙克中途並未停頓，完整唱完，她的心臟也很大顆。

「……露娜露娜～月月月～♪」

毫無懼色的依努妙克跟著唱第二遍。
這時候加入魯特琴等樂器的演奏。
是還在舞臺上的吟遊詩人們。
負責唱歌的吟遊詩人團員們也唱著「露娜露娜～月月月～♪」。
果然是專家。那首怪歌竟然開始聽起來雄偉又莊嚴。

「「露娜露娜～月月月～♪　露娜露娜～月月月～♪　月月月月～♪」」

哦，氣氛愈來愈高亢了。
不知不覺中，連芙拉托緹也在唱。
即使歌詞很奇怪，聽起來卻愈來愈雄偉。
唱到第三遍，連觀眾也跟著一起唱。

「「露娜露娜～月月月～♪　露娜露娜～月月月～♪　月月月月～♪」」

好厲害！曲子明明缺乏整體感，整個會場卻化為完整的一體！

唱到第四第五遍的時候，眾人甚至唱起了副歌。

「今天就炒熱氣氛到最後一刻，讚頌月亮妖精吧。這是來到此地的各位所肩負的使命。」

說完後，依努妙克一退場，會場便響起鼓掌喝采。甚至傳來月亮妖精萬歲的聲音。

「開幕算是順利搞定了，有個很好的開始。」

芙拉托緹也手扠胸前點頭同意，代表剛才的表現相當好。

不過回來的依努妙克卻步履蹣跚。

「咦，妳怎麼會疲憊不堪!?難道中了精神攻擊的魔法嗎？」

「天啊……好可怕……有生以來最可怕的一次……觀眾太多，光是保持平靜就累死人了……」

因為占卜師一般都是一對一做生意。

「目前妳暫時不用上臺，所以可以好好休息。」

唯一可以確定的是，月亮妖精的名號會廣為人知。

接下來依照行程表，各式各樣的吟遊詩人上臺表演，讓會場氣氛更熱絡。

以前似乎沒有活動讓人類吟遊詩人與魔族吟遊詩人共聚一臺，似乎受到不少人的矚目。

還聽見有觀眾高喊「幸好在有生之年看見～！」

而且最重要的是，庫庫上臺的時候氣氛再度一變。

不走炒熱氣氛路線的表演風格也是原因之一，但是所有觀眾都想仔細聆聽庫庫的歌。

「庫庫也有愈來愈多的人類粉絲了呢。」

連芙拉托緹似乎都非常開心。

「在任何會場都能大方表演了呢。她的技術已經足以讓會場染上自己的風格。」

「某種意義上，她就像芙拉托緹妳的徒弟啊。」

「主人，在音樂這方面您太言過其實了。她比我還厲害好幾倍呢。」

或許是因為並非比力氣的領域，不過芙拉托緹好謙虛。

真是奇蹟。該不會要颳起風暴了吧。

啊，要是颳風下雨就慘了……拜託繼續維持平穩吧……

「至少請給我，露出陰暗表情的權利～♪　我從此失去笑容。如果下一次還能笑，就是一切毀於一旦，只能笑的時刻～♪」

連我都聽得出，庫庫唱的歌有壓倒性的說服力。
雖然超級陰暗……
「歌唱得不錯，但是下一位登場的吟遊詩人真倒楣。會場的氣氛會非常沉寂。」
「真的耶！一點都不適合大會！」
會場的氣勢歸零了。
「不過這也沒辦法。如果氣勢被上一名吟遊詩人塑造的氣氛蓋過，代表這名吟遊詩人的本領不過爾爾。吟遊詩人必須靠歌聲取勝才行。大會也像戰場一樣。」
只有在解說音樂的時候，芙拉托緹看起來特別聰明。
「當然，有些吟遊詩人擅長在大會上表演，也有吟遊詩人不擅長。同樣有吟遊詩人不適合在開放空間表演。」
「吟遊詩人果然不簡單……」
「而且今天的庫庫也有適合大會的預定節目，請主人放心。」
雖然芙拉托緹小聲告訴我，我卻沒聽懂她的意思。
演奏完畢後，庫庫以冷靜的步伐回到後臺。
「在人類觀眾面前表演的感覺真奇怪。這裡原本才是我的主場，結果我更習慣魔族的范澤爾德城下町呢。」
她的表情完全就像大咖。成為人氣表演者後，就能保持平常心面對任何情況吧。

「庫庫，妳成長了呢。我能說的就是妳真的好厲害。」

「那一天受到亞梓莎小姐的幫助，才有今天的我。真是感激不盡。」

庫庫笑著回答。

當年庫庫打著絲琪法諾雅的藝名，還化濃妝，唱著像是連續尖叫的歌曲。由於沒有好好吃飯，持續表演，曾經倒在我的面前。

「我的確幫助了妳，不過妳能成為優秀的吟遊詩人，都是靠妳自己的力量。」

「聽到您這麼說，我很高興。但光靠我自己的力量是達不到這種境界的，感謝您。」

彷彿受到她正式的報恩。

以前有位爬行蟲族的諾索妮雅前來拜訪，她的報恩方式相當獨特呢……

另一方面，庫庫與芙拉托緹彼此話不多。

「下一場也要加油。」

「對啊。」

僅止於此。我在一旁看來，純粹覺得好帥。

代表兩人甚至不需要多說嗎。我甚至有嚮往的感覺。

另外依努妙克對每一團結束演奏的吟遊詩人致謝「非常感謝您前來捧場。」以她的立場也只能向各位參加的團體表達謝意。

不知道依努妙克真實身分的人類吟遊詩人，還說「月亮妖精肯定也會很高興」。
「是的，我也有同感。」
起先依努妙克似乎有一點驚訝，但依然清晰地回答。
嗯，即使拜託神明大概也很難舉辦這麼盛大的活動。
可以說已經非常充分地宣傳了月亮妖精的存在感。

活動不斷進行，不久後夜幕降臨——
到了可以見到月亮的時刻。
天上高掛著完美的滿月。
到了活動的尾聲。
根據芙拉托緹的解說，目前站在舞臺上的是死亡系吟遊詩人。
「接近庫庫原本演奏的音樂性質呢。記得庫庫也曾經是死亡系吧。」
「是的，雖然實力遠遠不及。大家都在搖頭，搖頭頻率愈高就是愈棒的死亡系。」
這是什麼標準啊。
「音樂不只是靜下心來鑑賞而已。同樣有為了炒熱氣氛，大鬧一番的音樂。」
「原來如此……學到了一課呢，芙拉托緹。」
配合舞臺的劇烈曲調，粉絲的確也會跟著嗨。

「有點擔心觀眾會受傷……沒問題吧？」

「前排都是早已習慣大鬧的粉絲，所以受傷人數偏低。此外應該還雇用了負責施放回復魔法的冒險家，擔任救護人員。」

我已經分不出到底是第幾首曲子，但是在聽得觀眾肯定分得出來。

不過演奏完畢後，死亡系的吟遊詩人如此吶喊。

「接下來是神祕吟遊詩人登場！」

咦，節目表上有這一段嗎？

「那一位吟遊詩人難得要復活啦！」

接著有人登上舞臺。

她的化妝讓我四成相似。應該說，那對兔耳我有印象。

「啊，是化了以前裝扮的庫庫！」

「黑色與白色喔喔喔喔喔喔喔喔喔喔喔！啊啊啊啊啊啊啊啊啊！加在一起啊啊啊啊啊啊啊啊啊啊啊啊，就變成灰色啦啊啊啊啊啊啊啊啊！如果再加點黑色的話啊啊啊啊啊啊啊啊啊，就變混濁啦啊啊啊啊啊啊啊！」

這是絲琪法諾雅時代的曲子！

將魯特琴當成電吉他一樣彈奏！

「灰色的喔喔喔喔！鑽石喔喔喔喔！沐浴在月光下啊啊啊啊！變成七彩斑斕

的！鑽石啊啊啊啊！」

連這首曲子都和月亮扯上了關係！

「哇哈哈哈哈！吾輩是絲琪法諾雅！看吾輩的歌聲祝賀什麼月亮妖精吧！根據傳說，吾輩菈米娜族似乎有一部分是來自月亮！」

原來是這樣！是來自月亮的兔子啊！

「剛才庫庫那個鬱悶的傢伙唱著鬱悶的歌曲，不過三流歌手才會對難過的事情感到難過！吾輩連悲劇都能轉變成趴踢！下一首曲子是『染血月亮』！」

大多數觀眾應該都沒聽過，卻都跟著搖頭晃腦。

「問個失禮的問題，以前絲琪法諾雅時代的庫庫有這麼多粉絲嗎？」

以結論而言，我想肯定很少。

而且會場觀眾應該都不知道絲琪法諾雅會來。因此根本無法為了目睹絲琪法諾雅而參加。

「現在的絲琪法諾雅以庫庫為經驗，增加了表現力。觀眾才能跟著嗨起來。」

芙拉托緹滿足地表示。

「庫庫都能回歸原點，已經無所畏懼了。」

多虧有庫庫，能見到芙拉托緹不為人知的一面，我也很幸運。

「絕望！就此誕生！從月亮，月亮的背面！唔噢噢噢噢噢！啊啊啊啊啊啊！哇啊

啊啊啊啊！月亮讓你們陷入精神錯亂！讓你們變成沒有意識的不死人！唔噢噢噢噢啊啊啊啊啊！」

不過歌詞果然很糟！

「表現力增加了，不過曲子水準很低，所以有極限呢。」

「芙拉托緹這時候這麼冷靜啊……」

「因為曲子水準也不高，所以缺乏共鳴。」

這種法則就是愈熱心加油的人，愈會針對品質提出客觀又辛辣的評價。

絲琪法諾雅高喊「只要你們想看，不論幾次吾輩都會復活！」然後離開舞臺。我猜應該沒有多少人想看吧，跟著絲琪法諾雅也來找我們。

「哇哈哈哈哈！怎麼樣！是不是開始渴望鮮血了？有沒有感受到殺戮衝動？哇哈哈哈哈哈！」

「啊，這裡是後臺休息室，用平時的態度就可以了。」

「如果再胡說八道的話，我就將妳的腸子扯斷喔喔喔喔喔！」

「呃，真的不需要這麼嗨，平常一點。」

和這麼嗨的人說話很累。

「…………嗯，不好意思。」

恢復成原本的庫庫了。

「喉嚨隱隱作痛，那種唱歌方式真的很傷喉嚨……」

以吟遊詩人而言，這種缺點相當致命……

「死亡系其實不需要在意歌唱得好不好。甚至有人認為，可以用魯特琴的旋律代替唱歌。」

「也對……暫時再度封印吧……」

絲琪法諾雅的一日復活似乎沒有機會變成傳說。

「不過應該為月亮妖精小姐的登場打了頭陣吧。」

還沒卸妝的庫庫露出燦爛的笑容。

對喔，接下來就是最後一場節目了。

名列登場吟遊詩人的占卜師依努妙克，在舞臺上現身。

「剛才我再度蒙獲月亮妖精的啟示。內容是『今天非常美妙。月亮妖精今後也會透過音樂慶典，向你們所有人對話。靜候時刻的到來。』」

會場頓時同時發出接近尖叫的歡呼聲。

「那就再唱一次讚頌月亮妖精的歌吧！」

會場所有觀眾都唱起那首怪歌。

「「「露娜露娜～月月月～♪　露娜露娜～月月月～♪　月月月月～♪」」」

依努妙克高舉右手，指向月亮。

「再大聲一點！直到傳達至月亮！大聲點，大聲點！」
不久後，剛才表演過的吟遊詩人接二連三登臺，同樣跟著唱。
人數多到幾乎擠滿了舞臺。
「來，大聲一點！唱這樣是無法達到月亮的！你們的聲音應該不只這樣吧！讓聲音衝到月亮上！」
剛剛才唱完歌的絲琪法諾雅也在中途回到會場。
結果連我也被芙拉托緹牽著手，走上舞臺。

「「露娜露娜～月月月～♪　露娜露娜～月月月～♪　月月月月～♪」」

明明就是一首隨便又不嚴謹的歌，但所有人都認真地唱。
甚至有表演者留下眼淚。
然後不知不覺中，依努妙克淚流滿面。
「謝謝各位！月亮妖精現在感動到最高點！你們真是太完美了！即使月亮沒有注視各位，月亮妖精也會看在眼中！」
這應該是喜極而泣吧。並非懊悔不已而落淚。
「這個世界上沒有人登過月。但是，在場的各位都與月亮連結在一起！我可以向

© Benio

各位保證！」

我也走上舞臺，緊緊擁抱在舞臺上一身占卜師裝扮的依努妙克。

「太好了，真的太好了。」

「謝謝妳，亞梓莎……真是美好的回憶……往後我可以抬頭挺胸，宣稱自己是月亮妖精了……」

嗯，畢竟沒有妖精會舉辦這種活動。

依努妙克身為妖精，擁有不輸給任何人的獨創性。

「這裡就是我的目標地點。比起什麼登月，登上這裡更棒！」

第一屆月亮妖精音樂大會就此圓滿落幕。

不過幾天之後。

依努妙克又來到高原之家。

「話說來場人數非常踴躍，很快就提到明年也要舉辦的事情，能不能幫忙我呢？」

「我可不是大會的營運公司耶！」

「因為那麼大規模的活動，通常得從一年前就開始規劃才行。畢竟還有會場的問題。」

「就說我對營運大會一竅不通啦！」

明年之後就讓她們自由發揮吧。

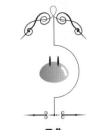

體驗魔族們的假日

She continued destroy slime for 300 years

別西卜一直吵著要我帶女兒們過去，於是我們全家來到范澤爾德城下町。

另外今天還以特別貴賓的身分帶著席羅娜。

「嘩……魔族的城鎮真是發達……」

冒險家席羅娜單純，純粹地感到驚訝。

「我第一次來的時候也大吃一驚呢。雖然偶爾也會有外觀可怕的店，整體依然是和平到悠哉的地方。」

「唔，乾媽，請不要擺出母親的態度。」

結果席羅娜向我抱怨。

「拜託，我好歹是妳的乾媽，當然有權利擺出母親的態度啊！」

她對我也太嚴厲了。希望她能以更明顯一些的方式撒嬌。不過她願意跟來，也不否認是很大的進步。

「那邊店鋪的糕餅店很美味喔！」

「別西卜小姐經常買伴手禮送我們。」

「原來是這樣啊，兩位姊姊。那一定要去看看。」

尤其對法露法與夏露夏的態度，讓我明顯感受到距離……明明對我像灑鹽一樣冷淡……

話說對史萊姆灑鹽會怎麼樣呢。

難道會像蛞蝓一樣縮水？

不過法露法和夏露夏都正常地食用鹽份，難道史萊姆妖精另當別論嗎。意思是與附近的史萊姆不一樣吧。

下次對附近的史萊姆試試看。

在城下町散步，席羅娜似乎也相當滿意，太好了。

另外有法露法與夏露夏仔細幫忙帶路，我也可以輕鬆地到其他店鋪購物。兩人的成長應該對席羅娜也有良好的影響。

在城下町散步完畢後，我們全家前往別西卜的宅邸。

「太慢了！應該一大早就來才對！想搶走小女子的女兒嗎！」

「別再一副完全當成自己女兒的口氣了啦。」

別西卜變得比以前還厚臉皮。我都已經出於善意帶女兒來了耶。

席羅娜也是史萊姆妖精，所以我想向別西卜介紹。

「您好，我是埃迪爾邊境伯，名叫席羅娜……」

與別西卜見面後，席羅娜也略為矮人一截。

「是嗎，是嗎？之前已經亞梓莎她們提過了。總之今天就儘管放鬆吧。」

別西卜沒有因為席羅娜當女兒嫌太大而不感興趣，還十分殷勤地招待她。

「既然是法露法與夏露夏的妹妹，就等於小女子的女兒哪。當成回到自己家吧。」

「喂！前提有問題吧！」

她可能真的準備要帶走女兒，好可怕！

「席羅娜也別當真啦！」

「對啊，沒有姊姊就沒有今日的我。」

唔……別西卜與席羅娜聯手的話，可能會很棘手……

「那麼別西卜小姐，如果有白色房間的話，請盡快告訴我。」

「什麼意思？」

「噢，席羅娜要待在白色的地方才會安心。」

我已經習慣了，不過像別西卜一樣露出奇怪的表情才是正常反應。

「沒有白色房間哪。倒是有漆黑的黑曜石房間。」

原來有黑色房間啊……這的確很魔族。

「那麼女兒們就交給妳了。我再去晃晃買點東西吧。」
「嗯，要買幾天都沒關係。小女子就和四個女兒一起度過。」
四人應該包含桑朵菈吧。
「我才不會買那麼久。話說奇怪……？桑朵菈跑哪去了？」
桑朵菈不知不覺中不見蹤影。來到別西卜的宅邸前照理說還在。
「桑朵菈已經埋在庭院前方了哪。」
我往窗外一瞧，只見桑朵菈的身體鑽進土壤中，表情就像舒服地泡溫泉的人。
「對了，對於桑朵菈而言，這裡就像故鄉一樣。」
「似乎是哪。小女子完全無所謂，妳儘管去逛城下町，甚至世界盡頭或月亮都行。」
「本來有登月的計畫，但後來打消了念頭。」
對別西卜而言，和我的女兒共度的時光似乎很安穩，還是別太打擾她。做人還是要圓滑一點。
「是嗎，是這樣啊。武史萊開了一間道場，有空的話可以去看看。」
「武史萊小姐嗎，擺明了想賺錢吧。」
不過龍族二人組一聽到道場這兩個字就有反應。
「亞梓莎大人，我們去道場吧！」

「我想比力氣！想去踢館！」

拜託不要突然就上門踢館，這樣太惹人厭了。武史萊開設道場的目的，可不是想嘗到落敗的滋味，或是遇見比自己強大的對手。

不過目前無所事事，去看看也不壞。

「好，那就立刻去道場吧。」

於是我和龍族二人組前往武史萊小姐的道場所在。另外，哈爾卡拉與羅莎莉對道場沒興趣，所以她們去了城下町。她們應該大致上記住了城下町的地理環境，應該無妨吧。途中沒有迷路，找到了道場。因為遠遠就能看見招牌。

「又設置了奇怪的招牌……」

這個世界的招牌都傾向帶有大量資訊。

不過魔族們在道場中很正常地揮拳，打擊像沙袋一樣垂掛的袋子，或是戴上防具承受踢腿。

看起來練習得很認真。

「哦！各位都認真地交手呢！吾人想和各位過幾招！」

「我想挑戰道場！想打一架！」

「萊卡與芙拉托緹，拜託妳們別惹是非……」

另外我對懸掛在室內，寫著「別覺得金錢很下流」幾個字的匾額感到好奇。照理說這句話沒說錯，卻讓人特別耿耿於懷。

如此一以貫之，對金錢這麼執著，反而很清高呢……

萊卡與芙拉托緹都開始利用練習器具鍛鍊，於是我獨自走向後方。尚未向道場的主人打招呼。

走廊彼端有一間寫著「社長室」的房間。

不確定算不算社長，但應該是這裡。

「武史萊小姐，在嗎？」我邊敲門邊詢問。

「這聲音是亞梓莎小姐吧。我是武史萊。」
既然答對，於是我打開房門。
只見房間內有武史萊小姐——與史萊姆。
史萊姆窩在武史萊小姐的懷中。
這隻史萊姆是誰啊……？
不知道的我只得詢問。
「啊，武史萊小姐，那隻史萊姆是怎麼回事？該不會是小孩？」
武史萊小姐不像法露法她們是史萊姆妖精，本尊是史萊姆，該不會生了小史萊姆吧。雖然在我的印象中，史萊姆是靠分裂增殖的。
「哈哈哈，這不是我的小孩啦～而是毫無血緣關係，路邊撿的史萊姆。」
話說得很不客氣，但她卻相當呵護這隻史萊姆。
「為何要抱著史萊姆？難道類似這間道場的規定嗎？像是『不可以狩獵史萊姆』。」
「不，我們道場的規定只有五條：『天下沒有白吃的午餐。』『沒錢就會失去心神。』『有錢才能富足心靈。』『開口索取借據的，絕對是詐騙。』『謹記若借錢給朋友，將會人才兩失。』」
「全都和錢有關啊！」

雖然每一條都沒說錯，可是道場的規定不是應該更精神論一點才合適？難道她的道場不靠精神論，而是以科學的方式鍛鍊學生？

「這隻史萊姆前幾天待在道場前方。反正是普通的史萊姆，不會造成任何人麻煩，所以我沒理它。結果它整個星期都待在原處，就覺得……這隻史萊姆似乎愈來愈親近我了呢。」

武史萊小姐撫摸史萊姆。

史萊姆不會像貓一樣叫，很難看出反應，不過它一直晃來晃去。好像比高原的史萊姆含有更多水分。

「該不會開始當成寵物飼養？」

「哈哈哈～外出旅行時會造成妨礙，所以武鬥家不會飼養寵物啦～」

武史萊小姐對我的意見一笑置之。

當然，她的手一直在撫摸史萊姆。

「這隻史萊姆不是寵物。充其量只是親近我而已。」

她本人加以否定。雖然很難以此認定是寵物，但武史萊小姐一直疼愛這隻史萊姆是事實。

「因為我也是史萊姆，才會產生移情作用吧。看到它似乎很寂寞，才讓它進入屋內。僅止於此。」

武史萊小姐拍了拍史萊姆。當然不是在攻擊它（否則史萊姆會變成魔法石），算是在和它玩耍。

不知道怎麼回事。

我感到一股莫名的感動。

彷彿看見了十分美好的一幕。內心感到一陣溫暖。

這該不會是「見到不良少女以牛奶餵貓，感到窩心的理論」吧!?

偶然見到平時滿腦子金錢的武史萊小姐，對隨處可見的史萊姆傾注愛心。這種反差讓人覺得武史萊小姐其實是非常溫柔的人。

「史萊姆大多難以捉摸，不會定居在同一處，結果它不知為何一直待在道場前方。即使我抱著它，它也哪裡都不去——咦，亞梓莎小姐，妳怎麼眼睛溼潤啊？」

「沒有啦，覺得原來守財奴也有愛心啊……」

「拜託別當面說人家是守財奴啦！」

我這句話的確很傷人。

「而且養寵物很花錢，我才不養。但是養史萊姆不需要花任何柯伊努。」

「啊，果然本性難移。」

如果是貓之類而不是史萊姆的話，她就不會讓它進屋內了嗎。

「不過看到它就覺得心平氣和也是事實。興建道場前後一直很忙碌，內心也無法放鬆。」

「受到史萊姆療癒了吧。」

「便宜沒好貨，貪小便宜找業者結果蓋出缺點一大堆的建築物。中途業者還說公司破產而落跑，說得客氣一點，實在糟透了。」

「吝嗇居然在這種地方出現問題！」

「不知不覺中太過鬆懈，忘記『人會背叛，但是金錢不會』的精神了。想貪便宜，結果卻遭人背叛。我真沒資格當武鬥家。」

「這和武鬥家沒什麼關係吧？」

她經常說出與錢有關，類似格言的句子呢。

「不過目前有八人報名每週三天的課程，十四人報名每週兩天，十人報名每週一天。應該已經上軌道了。」

「直接說有三十二名學生不就好了嗎!?剛才是以錢計算的吧！」

剛才的感動果然是我錯了。武史萊小姐真是本性難移。

不過我以前從未將史萊姆當成寵物看待。

畢竟我孜孜矻矻狩獵過這麼多史萊姆，當然沒辦法將史萊姆當成寵物。

一邊養史萊姆當寵物，同時每天狩獵二十隻附近的史萊姆……這種生活好恐怖。

「欸，武史萊小姐，這孩子叫什麼名字？」

「叫做『免學費』。」

還不如別取名字比較好。

「話說可以讓我抱抱它嗎？」

我走進史萊姆小姐。

「嗯，好啊。它不是寵物，只是隨處可見的史萊姆，所以請自便吧。」

武史萊小姐倒是很堅持這一點。

難道視為寵物的話，會違反她的座右銘嗎。

可是我一接近，史萊姆（名叫「免學費」）就產生變化。

開始抖得特別厲害。

「咦？它居然在害怕我……？」

這也難怪……畢竟我持續狩獵過不計其數的史萊姆……是世界上狩獵過最多史萊姆的人……

或許連史萊姆都知道，或者正因為是史萊姆，才憑藉本能得知。武史萊小姐以前和我交手時，也感受到一股狩獵過許多史萊姆的人散發的可怕氣場，而本能地害怕我……

「來，『免學費』，不用害怕。只要別抵抗就不會傷害你……」

「亞梓莎小姐，那是強盜說的話吧？」

「對、對耶。呃…………安、安分一點。」

「這也是強盜說的話！」

身體已經記住了狩獵史萊姆！

只見史萊姆抖得愈來愈厲害。

——蹦！

眼看史萊姆猛力跳出武史萊小姐的懷抱——

居然從敞開的窗戶逃到外頭去！

「咦！跑掉了……？」

「啊，『免學費』！『免學費』！」

這個詞實在不適合當名字，但現在不是計較這個的時候。

因為我的關係，（類似）寵物逃跑了……

「抱歉，武史萊小姐！我馬上去追它！」

我也跟著「免學費」從窗戶衝到外頭。

「啊！不用勉強去追啦！」

「沒關係！史萊姆的移動距離有限，很快就能找出來！」

甚至都不需要用『找出來』這個詞，就在窗戶下方，撿起來就行了。因為我很熟悉史萊姆。

「不！窗戶外頭是河道！」

「————啊？」

往下一瞧，居然不是地面，而是細小的河流。

啊，連飛行魔法都來不及施放了……

嘩啦一聲水花四濺，我跌坐在水中。

「唔……心急之下，居然犯了這種愚蠢的失誤……」

我變成落湯雞倒是無所謂——關鍵是「免學費」不見了。

該不會被河道沖走了吧……

史萊姆又小又輕，被沖走也不足為奇。

「看來比想像中還要嚴重！」

我撩起長裙的裙襬，奔跑在河道中。

這可能是我第一次對一隻史萊姆如此執著。

不幸中的大幸是，這條河道似乎是洗衣服，或是冰鎮蔬菜所用，水質十分清澈。

房屋並排的另一側是河堤，有幾處短階梯順著河道而下。

我原以為水流不快，馬上就能發現，結果又有新的難題。

「史萊姆一跑進水裡就很難發現……」

透明的史萊姆有類似模擬水的效果，很難看清楚在哪裡。而且麻煩的是，「免學費」不是粉紅色或綠色，而是水藍色。這種顏色最容易躲在河川中。

難道史萊姆進化成能靠水保護自己嗎？不，應該純屬偶然。有時候史萊姆不在水邊，而且也不只水藍色這一種。

如果跑得太匆忙，可能不知不覺中超越，或是中途踩扁它。

「還真麻煩……」

我使勁睜大眼睛，謹慎尋找史萊姆。

早知道這樣，就該先創作讓史萊姆發光之類的魔法……可是我怎麼會料到有研發這種魔法的需求……

濺起水花的同時，我在河道中前進。

「史萊姆在水中也能呼吸嗎……話說它有呼吸這種概念嗎……我愈來愈不安了……」

想不到我也有這種弱點。

即使能力達到最強，距離全知全能還差得遠。

今後還是謙虛做人吧，否則有可能誤入歧途。人類很少因為擺明了『唱秋』而失敗，卻會在無意間驕傲自滿而凸槌。

不久，腳上傳來碰到某種柔軟物體的軟Q感。

回過神來的我，迅速伸手一抓。

手中出現的是那隻史萊姆，「免學費」！

「捉到啦～！」

我忍不住發出勝利的呼喊。

但是這隻史萊姆想掙脫我的掌心。

可能被水打溼，史萊姆滑溜溜地脫離我的手。

哇咧！抓史萊姆真是麻煩啊！要是抓得太緊又有可能捏死它……

不過這時候，武史萊小姐出現在河道堤岸的馬路上。

看來她是從道場正面繞過來的。

「『免學費』！我在這裡！」

武史萊小姐伸出手來。

「免學費」在我的手中抖動了一會，然後朝武史萊小姐一跳。

動作宛如發現飼主一樣。
真是戲劇性的重逢啊！
武史萊小姐已經對這隻史萊姆完全傾注了愛情。
史萊姆也回應了她的愛！
但是同時，發生了神奇的事情。
從河道中接二連三冒出其他史萊姆。
總共三隻，每一隻都是水藍色。
這三隻史萊姆，
——蹦～
——蹦～！
——蹦蹦蹦～
一同跳到武史萊小姐身上。
「喔喲喲！」
武史萊小姐巧妙地以頭頂住一隻從我手中跳過去的史萊姆。
另外三隻也以手或背接住。不愧是武鬥家，動作十分圓滑。
結果包括「免學費」，總共有四隻史萊姆在武史萊小姐的身上。
「……亞梓莎小姐，話說水裡也棲息著史萊姆呢。」

「我第一次聽說……」
想不到史萊姆是水陸兩棲……怪不得到處都是。
另外有一件事情我非常在意。
「武史萊小姐，哪一隻史萊姆是『免學費』呢？有可能不是一開始那一隻……」
四隻史萊姆非常相似，難以區別。在我看來完全一樣。
說不定後來蹦出的三隻，其中一隻才是真正的「免學費」。
「我當史萊姆當了這麼久，卻同樣分不出來。」
「哇咧……」
現在出現了新的問題。
該怎麼挑選出「免學費」啊!?

我們暫時先回到道場。
不過回去的路上，我一直在煩惱。
這下麻煩了……如果真的分不出哪一隻才是「免學費」，就無言以對了……
武史萊小姐說它不是寵物，而是路邊的史萊姆。或許她不會放在心上，但問題不在這裡。她甚至為史萊姆取了名字，現在分不清哪隻是哪隻，這可不是好事。
「話說……『免學費』有沒有特徵？像是哪裡有顆痣之類……」

「史萊姆沒有痣喔。」

「指紋呢——想也知道沒有。」

原以為分辨人類雙胞胎的常用方法有效，看來行不通。

「到底是哪一隻呢。不過猜中機率是四分之一，隨便留下一隻當成二成五的『免學費』吧。」

「不對，這樣很奇怪吧！」

這樣有七成五的機率猜錯耶！

即使武史萊小姐說的滿不在乎，依然仔細端詳一隻隻史萊姆，試圖找出不同之處。

即使回到道場，照樣在社長室一一擺開四隻史萊姆。

「欸，有機會發現差異嗎？」

「不，四隻驚人地相似呢。即使我喊『免學費』，它們都活動相同的身體部位。」

「哇咧……比分辨小雞的公母還難上千倍……」

難道應該找魔法師史萊姆摩蘇拉，請她指導分辨史萊姆的魔法之類？

「唔，沒有區別……啊，對了，對喔，對啊！」

武史萊小姐愈喊愈大聲。

「亞梓莎小姐，我知道了！」

「真的嗎⁉太好了～所以哪一隻才是『免學費』？」
擔心的事情少了一件。
「某種意義上，每一隻都是『免學費』。」
「咦？什麼意思？」
即使性質相似，「免學費」應該也是四隻其中的一隻。
「亞梓莎小姐，是『免學費』分裂後變成了四隻！由於顏色和反應幾乎一模一樣，肯定沒錯！」
「妳說分裂⁉」
根據武史萊小姐的說法，四隻似乎都是同一人（？）。
話說這幾隻史萊姆都十分親近武史萊小姐呢。
「可能跳進河水後，分裂成四隻了吧。所以每一隻都記得我。」
「原來史萊姆會這樣遽增啊！我完全不知道……」
「或許是河道的關係。史萊姆的身體大半成分是水，所以必須在水中才能有效率地增殖。」
「話說法露法與夏露夏妖精也是水屬性呢。但我第一次聽過這種增殖方式……」
「似乎連魔族也不太清楚史萊姆如何增殖。不過四隻史萊姆都對我有反應，這也太巧了吧？」

四隻史萊姆都十分親近武史萊小姐。
看起來十分親近。
「這我……能明白。」
以史萊姆的智慧，根本無法交換諸如「到那位魔族身邊，她會善待我們」等資訊。
「我現在明白了。『免學費』在亞梓莎小姐的接近下感受到死亡的恐懼，才會跳進河道。利用河道的水增殖成四隻。是生物留下後代的本能發揮了作用呢！」
「當我是殺手嗎。不過原來是這樣啊。」
試圖追上逃跑的寵物，結果寵物變成了四隻，真是神奇的體驗。
「我決定從我看過去，由左到右分別命名為『免學費一號』、『二號』、『三號』與『四號』，留在道場內。」
武史萊小姐給出積極的答案。
這可以算是好結局吧。
「話說武史萊小姐，妳知道哪一隻才是原本的『一號』嗎？」
她對我露出笑容。
「完全分不出來！」
「也對啦！」

沒辦法。何止是相似，甚至分不出哪裡不一樣。
四隻史萊姆活潑地依偎在武史萊小姐身邊，到處跑來跑去。
「現在我完全分不出誰是『一號』誰是『二號』了。」
要求史萊姆展現個性還真難。
武史萊小姐和摩蘇拉出現的機率，堪稱奇蹟中的奇蹟吧。
另外擔心四隻「免學費」害怕我而逃跑，我決定差不多該離開了。要是四隻變成十六隻，武史萊小姐應該也管理不了。

「萊卡，芙拉托緹，我準備去其他地方了——」
兩人都在道場盡情練習了一番。
不知何時還換上練習用的道服，完全就像這裡的學生。
「芙拉托緹小姐，請鍛鍊我！」「萊卡小姐，我要練習受身，麻煩您揮拳！」
魔界的學生也完全接受了兩人。
若是人類，根本無法以兩人為練習對象（真的會沒命），不過受過鍛鍊的魔族似乎正好。認真交手的話龍族多半會贏，不過要練習的話也是和強者比較有效。
「不好意思，亞梓莎大人，還剩下三十套！」
「萊卡要做三十套的話，我芙拉托緹就做三十一套！」

「不知道一套動作究竟要做什麼，以及做多久，但我明白短時間內無法結束。那我就獨自去其他地方囉。」

隨興在城下町散步也不錯，要回別西卜的宅邸也可以。

今天都是漫無目的的行動，所以沒關係。在城下町散步的話，或許會遇上分頭行動的哈爾卡拉或羅莎莉。偶爾散步閒逛也不錯。

這時候武史萊小姐與幾隻「免學費」前來。其中一隻在她的頭上。

我想起巴黎時裝展上經常出現，絕對沒人敢穿著走在街上的神祕打扮。

「亞梓莎小姐，如果無處可去的話，要不要拜訪兩位利維坦小姐的家？」

她如此向我提議。

「噢，今天是假日，所以法托菈與瓦妮雅也放假呢。」

那麼登門拜訪的話，很有可能至少有一人在家。

「那我就聽妳的提議吧。如果她們不在就到時候再說。」

「知道了。我知道她們家在哪裡，可以幫忙畫地圖。」

幾分鐘後，武史萊小姐遞給我這張紙。

沿著獨眼巨人路往北走一段距離，會見到左邊轉角有間雜貨店的十字路口，然後右轉。走幾分鐘後會碰見細長的河流，接著左轉沿河岸前進。走過第三座橋後，直接沿馬路筆直前進。不久後會看見一座小公園，過了公園之後右轉。然後下下一處轉角往左轉，走三分鐘後會見到一座略高的丘陵，順著丘陵走下斜坡大約三分鐘。會看見一處十分顯眼，非常寬廣的庭園。那裡就是法托菈小姐與亙妮雅小姐的家。

「怎麼全都是文字啊！」

這不能算是地圖吧，沒有圖耶。看著看著我開始混亂了。

「不好意思，這附近的環境十分複雜，我覺得以文字描述比畫地圖還快。不過我以人類王國的語言書寫，應該看得懂吧？」

可能經常參加人類地區的比賽，武史萊小姐似乎還會寫字。這讓我覺得她是很厲害的史萊姆。

「嗯，是沒錯……那我就參考這段內容前往囉……」

反正我既未受邀，也不怕遲到。如果到不了的話，到時候再說。

我原本想仔細依照地圖行走，結果愈來愈糊塗。只好詢問魔族路人「這附近是否有地區座落公園，以及不遠處有略高的山丘」。

好不容易來到略高的山丘，隨即發現往下的坡道，可能就是這裡。

不久後，來到一間庭園特別寬廣，甚至可以踢足球的宅邸。
「看來就是這裡吧。」
可能是確保足夠的土地，方便利維坦恢復原本的尺寸。
但是沒有門鈴，該怎麼找人呢。入口在大門的遙遠彼端——在我如此心想時，發現門柱上放著鈴鐺。意思是要搖響嗎。
我搖了搖鈴鐺，發出噹啷噹啷的聲音。
這方面難道不能方便一點嗎。話說在地球上，很久以前的大豪宅是怎麼設計的？還是沒有事先預約的訪客跟本進不去？
「來了，請問是哪一位？」
結果有人從馬路對面的房子出現！是半人馬大嬸。
「噢，我要找這一戶的人！」
「啊，是利維坦姊妹的家吧。」
這次從旁邊房屋出現犬耳的獸人魔族大叔。
「哎呀呀，是對面那一戶嗎～搖鈴根本分不出來呢～」
「這種系統也太不方便了！換個門鈴不是比較好嗎？」
「可是買太好的門鈴，要是失竊就虧大了。又便宜又要發出響亮聲音的門鈴，幾乎都是在地廠商製作的呢。」

「沒錯，要是買太便宜的門鈴也很丟臉呢～」

魔族社會似乎也有獨特的問題。

至於關鍵的利維坦姊妹……沒有出現。

期間附近鄰居紛紛跑出來。看來門鈴的響聲比我想像中還遠。

「噢，利維坦的宅邸嗎？」「那間宅邸很難聽得見門鈴聲呢。」「欸，小姐，要不要我們庭園剛採摘的蔬菜？」

好像電視臺來訪問嫺靜的住宅區一樣。

「請問……這裡是不是每次搖響門鈴就會這樣啊……？」

實在尷尬得不得了。

「對啊。左鄰右舍幾乎都會跑出來，不過卻能讓黑心推銷員嚇一跳而死心呢。」

「看到推銷員哭喪著臉，十分舒壓呢。如果推銷員一臉凶惡，大家就會故意上前攀談，打破砂鍋問到底喔。」

「同時有防盜的效果，不是剛剛好嗎？」

某種意義上似乎很合適。

黑心推銷員的確也會留下心理陰影，再也不敢來吧……被眾人圍起來的心理壓力很大。

另外出面的鄰居之一，犬耳獸人大叔拉高嗓門，直接大喊「兩位利維坦姊妹～！

有客人來了，在不在家啊～！」結果只要出聲就行了喔！

這種原始的方法奏效，瓦妮雅從後方現身。

「啊，亞梓莎小姐！怎麼會來到這裡呢？」

「其實沒什麼事，只是正好來到城下町，閒著沒事才順便過來。」

「原來是這樣。總之站著說話不方便，請進吧。話說您的行李真多呢。亞梓莎小姐。」

「都是鄰居送的。」

左鄰右舍送我裝了不知名蔬菜與水果的袋子。

不知道是什麼滋味，反正大不了放在別西卜家。

「該怎麼說呢，左鄰右舍的關係真是密切呢……」

我向鄰居揮手道別後，跟著瓦妮雅走。

「對啊～不過並非所有魔族都這樣，而是我們這一區的特徵。因為有很多人生活悠哉，所以一搖響門鈴，大家都會紛紛跑出來。看，這就是我們的家。」

來到門前後，發現是相當時髦的豪宅。

若是在上輩子，建造費可能超過一億……

「利維坦族果然很有錢呢。」

「很久以前似乎是這樣，不過現在只是普通公務員。真正的有錢人會在鄉下建置超級寬廣的豪宅居住。住在城下町這種地方就已經不算有錢人了。」

上輩子好像也聽過類似的話題。

「來，亞梓莎小姐，請進吧。」

豪宅內也很豪華。不過沒有陳列奇怪古董品那種強烈的自我主張，擺設不多，十分洗練。

就像去朋友家，發現朋友家超級豪華而坐立難安。

利維坦姊妹宛如住在東京的名流吧。

「那麼我去準備點心，請到這邊的客廳來。」

有專門款待客人的房間。

「法托菈似乎不在呢，去購物嗎？」

「不，姊姊也在家，應該在溫室。」

話說在窗戶另一端見到類似離館的建築物。有這種建築物代表果然是有錢人。光是那棟離館可能就比我上輩子住的房子還大。

「機會難得，我可以去溫室看看嗎？」

在別人家裡探險真讓人興奮。反正等待也無所事事。

「噢，沒問題，請便。請盡情攻略吧。」

瓦妮雅爽快地同意，於是我決定攻略到盡興為止。

來到庭園後，我再度觀察豪宅，發現果然很大。

雙親等人似乎沒有住在一起，姊妹兩人住在這麼大的豪宅嗎。含著金湯匙出生真是一點都沒錯，不過打掃多半很麻煩。

一邊如此思索，我來到溫室前方。

溫室應該是栽培植物的場所。瓦妮雅的廚藝已經超越了興趣的層次，或許是為了下廚而栽培食材。

不過在溫室的人是法托菈。

總之開門就知道了。

不愧是溫室，設計成雙重門。

一打開第二扇門，一股溼熱的空氣頓時迎面而來。

與溫暖的氣氛相反，眼前光景看得我有些毛骨悚然。

牆壁，天花板，當然包括地板，全都覆蓋著一層綠色。

說是綠色，其實包括接近黑色的深綠色，也有黃綠色。還有淺色的部分，但總之全都是綠色。

「這是……青苔……」

沒有覆蓋在青苔下的，只有地板上一小塊如踏腳石般排列的區域。

意思是腳踩這些地方，往後方前進吧。

從外頭看，溫室的形狀是旋轉了一百八十度的Ｌ。筆直往前進後是往左彎的轉角處。

至少這片空間與瓦妮雅的興趣無關。栽培的並非食材。

「話說法托菈好像說過她喜歡青苔……但想不到這麼誇張……」

規模大得離譜。至少已經超越了小興趣的層次。甚至堪稱青苔師傅的家。

由於魔族都很長壽，或許連興趣都在不斷鑽研之下，變成驚人的規模吧。

「有種異世界的感覺，好想趕快找到法托菈……」

我謹慎踩在沒有長青苔的地板上前進。

一眼望去，法托菈不在視野彼端，代表她應該在轉角的另一側吧。

這時候，有人影從轉角處窺視。

「噢，法托菈——」

一見到對方，我頓時感受到汗毛直豎的寒意。

有個全身包裹墨綠色青苔的大型人型物。

雖然呈現人型，卻連整張臉都裹著青苔。

有一張臉，但連有沒有骨頭都不得而知。身體輪廓在青苔的凹凸影響下模糊不清。

與其說動作僵硬，更像是不死族。路上絕對不會有人以這種方式走路。

以常識而言這應該是法托菈，可是尺寸差異太大了。

眼前這東西比法托菈大了兩圈。

「啊、啊……啊啊……哇啊啊啊啊……」

魔物脫口發出聲音，但是聽起來毫無意義。

根本沒辦法和這隻魔物溝通！

只見它明確身體朝向我。

雖然我早就料到，但它連臉都蓋滿了青苔，看不到眼睛或嘴巴。甚至不知道它有沒有臉。

「嗚哇！有魔物！魔物真的跑出來啦！」

我放聲尖叫！

這裡有隻不可以看的東西！某種極為邪惡的事物！

難道是全身青苔的石巨人？或者真的是不死族之類？我只知道朋德莉那種不可怕的不死族，眼前這一隻才像真正的不死族。

幸好它沒有發動攻擊的模樣。

快跑吧！我可不想和莫名其妙的對象打架！不論我多強，害怕的事物就是會怕！

「別過來，別過來，別過來！待在那裡別動！要追上來也行，但是拜託像不死族一樣慢一點！禁止突然奔跑！」

但就在我即將轉身時——

魔物身上相當於手的部分，撥開了臉的部分。

結果出現法托菈的容貌。

「這不是亞梓莎小姐嗎。怎麼會在這裡？」

「妳是正牌的法托菈吧？沒有遭到青苔寄生吧？」

「抱歉嚇到您了。臉上沾了青苔就沒辦法清楚地開口。」

總之似乎並非不該遭遇的魔物。

「我說法托菈，妳的身體有這麼大嗎？」

「身上附著青苔，看起來就會很大。」

話說與輪廓相比，臉看起來很小。外側似乎不是身體，而是青苔。

「話說……妳為何全身裹在青苔中啊……？」

「我剛才正在泡青苔浴。」

她這樣回答我，但我卻一頭霧水。

「什麼是青苔浴？」

「親眼一見應該比較快，請往這邊。」

除了臉以外，全身包裹在青苔中的法托菈逐漸消失在溫室後方。在青苔影響下動作慢吞吞，看起來簡直不像活人。

由於可能又會看見對心臟很不好的恐怖事物，就算用看得比較快，我還是希望她能簡單說明。但似乎只能追上她了。

轉角處的彼端，是一片比入口處更誇張的大量青苔。

首先高度就很離譜。彷彿生長著達到膝蓋高度的青苔。

「我現在實際掩飾給您看。」

說完，法托菈縱身往青苔一跳。

啪滋。

傳來這種聲音。像是有東西掉進黏性極高的水所發出的聲音。

然後法托菈依靠自身重量，逐漸沉入青苔中。

大約十秒之後，就看不見她的全身了。

「不用救她沒關係嗎……？」

我試著詢問，卻沒聽到回答。

再過大約十秒左右，法托菈緩緩起身。

剛才剝掉的臉部青苔又緊緊附著。

「嗚噢……噢噢……」

「好可怕，好可怕！真的很嚇人，拜託說話的時候清掉青苔！」

法托菈僅撥開嘴邊的青苔。超可怕的。

「就像這樣全身浸泡在青苔中，與青苔化為一體，叫做青苔浴。」

「沒錯。我現在已經深刻體會了。」

「以前僅只於栽培青苔，不過興趣愈來愈強烈，冒出想與青苔合而為一的想法，最後達到這種境界。」

聽她平淡地敘述，反而覺得更加可怕。

「全身在青苔的包裹下，舒服到彷彿每天工作的疲勞逐漸消滅呢。假日我經常泡青苔浴喔。」

「妳的興趣真奇特……」

「機會難得，亞梓莎小姐要不要也體驗青苔浴看看？」

她指了指青苔。

「不好意思，恕我拒絕。」

「瓦妮雅在泡之前也這樣說呢。」

「原來瓦妮雅泡過啊！」

姊姊叫自己泡的話，是有點難拒絕呢。另外如果瓦妮雅的感想是不錯，或許沒有那麼糟。

「根據瓦妮雅的說法，短暫期間感覺輕飄飄很舒服。然後就像沉入沒有出口的海底，宛如消失在深淵中。」

「好恐怖的體驗！」

「她說她再也不想嘗試了。這種逐漸消失的感覺明明很舒服呢。」

我現在明白，法托菈比我想像中還可怕。

認真的人為了維持認真的一面，必須要做些異於常人的舉動互補一下。

「亞梓莎小姐，就當作上一次當——」

「我才不要！不論怎樣都不要！」

◇

回到客廳後，我被瓦妮雅嘲笑。

「看您的表情，剛才見到了青苔女吧。那真的很恐怖呢～我直到現在還偶爾會做惡夢。」

「怎麼不先告訴我啊！連長生不老的我都以為自己少了幾年壽命！」

© Benio

「呃~反正只能在那間溫室裡進行，就請原諒她吧。她好像在那裡十分放鬆呢。」
不過即使是魔族，也需要放鬆的方法啊。
以後我也想想，如何避免家人累積壓力吧。
再過大約十分鐘，瓦妮雅便做好點心端過來。
幾乎同時，法托菈也清除掉身上的青苔回來。可能還洗過澡，身上沒有任何青苔附著。她似乎已經習慣清理青苔的方法。
「不好意思突然打擾。剛才前往武史萊小姐的道場，心想接下來該去哪裡，才會順道過來。」
「噢，別西卜大人正在與亞梓莎小姐的女兒見面呢。」
「沒錯，我的女兒們。」
我得小心親權被別西卜不知不覺中搶走。
然後我們三人享受了一場茶會。
假日這樣過也不錯。
「瓦妮雅，這道烤點心真是美味。看起來像甜的，吃起來卻甜中帶辣。」
烤年糕片有這種味道。
「放假我幾乎都會做些點心~這就是我舒壓的方式~」
「妳平常的工作根本沒有累積壓力吧。」

結果法托菈開口吐槽。這方面她對妹妹頗嚴格。

「見到武史萊小姐與妳們出乎意料的一面，收穫豐碩呢。」

之前我都在工作期間見到利維坦姊妹。

「如果埋在青苔裡，亞梓莎小姐也能發現自己意外的一面喔。」

「別再引誘我去泡了。」

我決定這輩子都拒絕了解那種體驗！

「可能因為有了道場，武史萊小姐的表情也比之前更開朗了呢。」

法托菈也稱讚武史萊小姐。

「心想該如何維持道場運作的經營者眼光，更懂得思考金錢方面了。」

「和之前不是一樣嗎！」

不過武史萊小姐也受到野生史萊姆的喜愛，代表學生同樣仰慕她吧。

大家在這幾年都有成長呢。

◇

我前往道場接萊卡和芙拉托緹，回到別西卜的宅邸。

「啊，媽媽～！歡迎回來～！」

「媽媽，這件服裝，合身嗎……？」
法露法與夏露夏竟然換上了沒見過的禮服。
嗯，非常合身。這是肯定的，不過——
「怎麼樣，很棒的禮服吧。這是配合女兒的身材，事先準備的哪。」
「別西卜怎麼會知道女兒的身材尺寸？」
別隨便測量啦。
「這種事情當然知道啊。妳以為小女子去了多少次高原之家哪。」
她對我露出不知道才奇怪的反應。聽她這麼說，還真難反駁。
「其實還想讓桑朵菈換穿，但她說鑽進土壤裡比較舒服，不肯換哪……」
似乎連桑朵菈都當成她的女兒了。
後來席羅娜小聲對我說。
「這一位該不會太溺愛兩位姊姊了吧……」
「似乎平日工作，假日就必須舒解壓力才行。」
別西卜也在短時間內變得非常溺愛小孩了呢。
這樣能算是成長嗎。我想應該不是。
見到休假的魔族們不同的面貌，對我而言這個假期過得很充實。

女兒離家出走

She continued destroy slime for 300 years

晴朗無雲的早晨，我端著換洗衣物來到外頭。

「雖然很涼爽，但天氣晴朗，應該會乾吧。」

由於家庭人數眾多，換洗衣物也多。但是可以肯定，壓力的多寡遠低於對著電腦加班。

但是我卻聽到一陣聲音，讓我只能停下洗衣服的手。

是桑朵拉的哭聲。

「嗚哇～～～～！哇～～～～！」

聽起來很像小孩的哭聲響起，這可不能不管。

「怎麼了，桑朵菈？難道受傷了嗎？」

桑朵菈蹲在菜園內。我們家孩子的感情都很好，很難得見到像這樣大哭。

「嗚嗚……我明明不想哭……明明會導致水分減少而枯萎……」

很植物的想法……

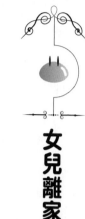

「亞梓莎，妳看我的頭。葉片遭到蟲子啃食了啦！」
聽她這麼說，頭上看起來像頭髮的一部分葉片變短了。果然在蟲子的眼中是不折不扣的葉片啊……
不過我也明白她為何會哭。以前我念高中的時候，頭髮剪太短也會大受打擊而沮喪。另外雖然讓悠芙芙媽媽剪過一次，但已經三百歲了，沒受到太大的打擊。
「頭髮可是女人的生命呢。一下子變短的確很難受。」
「能光合作用的分量會減少啦。」
「原來妳是為了這個原因而哭啊。」
難過的原因與時髦完全是兩個層次。
「如果幾乎無法行光合作用，肚子會餓。亞梓莎妳也不願意明明沒在減肥，卻被迫少吃一份點心吧？」
「很能體會。」
每一餐都少了些什麼的感覺相當難受。
而且女兒在哭，可不能眼睜睜坐視不理。
我蹲下去溫柔地緊摟桑朵菈。
偶爾也該表現出母親的一面。
「今天在冷靜下來之前，待在房子裡吧。這樣比較安全。」

「在家裡沒辦法行光合作用，很麻煩。」
對話怎麼兜不攏啊……
「那就從現在待在我身邊吧？有蟲子飛來我可以趕走。我也會盡可能待在屋外。」
在屋外的工作也很多，像是採摘藥草之類。
「嗯，就這樣。還有……晚上……」
桑朵菈似乎有些難以啟齒，但還是輕聲細語地告訴我。
「我要在妳的房間睡覺。睡在菜園的話，可能又會有蟲子跑來。」
好！女兒依賴母親了呢！
「對呀！嗯，媽媽會保護妳的！」
我使勁緊緊摟住桑朵菈。
「拜託，妳明明不是植物，擺出母親的態度很奇怪吧……又不是從種子開始栽培。」
「對動物的標準真嚴格耶。」
似乎還有許多會錯意的部分，但我決定與桑朵菈過著緊密的一天。

午餐時，我在桑朵菈身旁吃三明治。

「嗯，真美味！在戶外用餐還可以品嘗簡易健行的感覺，賺到了呢！」

「其實陽光可以再強一點。不過倒是挺舒服的。」

桑朵菈直挺挺地站立，雖然有點不自然。但這是與植物正確的溝通方式。

之後我和桑朵菈前往附近的森林採摘草藥。

「啊，這種壞草會搶走我們的養分，拔掉吧。」

「會拔掉其他草的植物，這實在太作弊了吧……」

「植物界也不停上演嚴苛的生存競爭呢。或許我也需要讓葉片進化成含有劇毒。」

個人能達成這種進化嗎？另外如果毒性含量不上不下，可能反而會變成藥師眼中的藥用植物。

晚餐時分，桑朵菈躺在餐廳。

但不是躺在沙發上，而是地板上。

「……喂，桑朵菈，躺在房間角落很奇怪耶。至少坐在座位上吧。」

芙拉托緹的提醒很正確。

似乎在生性隨便的芙拉托緹眼中也很奇怪。

「沒有必要。我正在像植物一樣，在這裡放鬆。」
「話說桑朵菈，要喝杯水嗎？」
「妳的好意我就心領了。水分攝取太多對身體不好。」
與植物一起生活還真難。因為沒辦法輕易以植物的心情思考。

——到了就寢之前的時間。
「嗯，好可愛，好可愛！非常合身呢！」
「是嗎？穿這樣沒辦法鑽進土裡，我不太喜歡……」
我讓桑朵菈換上可愛的睡衣。上頭附有一些蕾絲刺繡。
其實是很久之前買的，但完全沒有機會讓她穿。她要是穿著鑽進土裡會弄髒……
「不過妳在這間房間裡，所以很安全。也沒有蟲子的跡象，可以睡個好覺了。」
連嘴上抱怨的桑朵菈似乎也沒拒絕。嗯，很好，很好。
「在葉片長回來之前，妳可以將這裡當成自己的寢室。我還可以唱安眠曲喔。」
「不，太吵了不要唱。」
要完全以小孩子對待她，還有不少功課要做。
但是桑朵拉的視線瞄向我的床鋪。
「不過……今天就在同一張床上睡覺吧。」

好喔！好喔！她正在大大方方對我撒嬌耶！

「沒問題，當然可以！桑朵菈也是我重要的女兒嘛！」

這是非常好的趨勢，代表她開始明白我的愛了嗎。努力也會逐漸有回報吧。

但就在這時候。

——咚咚，咚咚。

傳來敲門的聲音。聽聲音的情況大致上可以知道是誰。

「法露法？怎麼了嗎？」

房門喀嚓一聲開啟。我猜對了，是法露法，夏露夏也站在她身邊。

但是模樣不太對勁。法露法難得面露不悅。

夏露夏則單純地愛睏。畢竟現在已經晚了。

「媽媽今天對桑朵菈小姐太體貼了，感覺不太公平。」

「呼啊……缺乏公平性的政治不值得讚揚。夏露夏要抱怨。」

原來如此。她們不太能接受我對桑朵菈特別好啊。

讓兩人有點嫉妒了嗎。

© Benio

不過桑朵菈真的受了傷，頭髮遭到蟲子啃食，我才想對她好一點。

「法露法，夏露夏，桑朵菈被蟲子啃食，早上還哭了出來。所以稍微忍耐一點，這只是暫時的，好嗎？」

法露法與夏露夏互望彼此。

「知道了，媽媽。現在要討論太晚了，明天再說。」

「呼啊……今天先撤退……希望改日再交涉。夏露夏也很睏，要回去睡覺了。」

然後兩人都回到自己房間去。

希望她們能理解，畢竟她們都是姊姊。不，以年齡而言桑朵菈比較大，所以桑朵菈才是姊姊吧……？說不定年齡比我還大。

這方面到目前都沒有答案。

當天晚上我和桑朵菈一起睡。

另外桑朵菈好快就進入夢鄉。躺在床上過幾秒鐘便開始發出「呼……呼……」的呼吸聲。

「與其說睡覺，更像是休眠……」

人類需要一點時間才能進入睡眠，植物則似乎可以即時進入夢鄉。雖然不確定桑朵菈是否所有特性都和植物一樣。

◇

隔天我和前一天過著幾乎相同的生活模式。

尤其在白天配合桑朵菈，盡可能在戶外度過。因為桑朵菈是植物，需要陽光，這是當然的。而且這一天也十分晴朗，沒什麼問題。

不過與昨天不一樣的是——

法露法與夏露夏不時前來觀察我。

「怎麼了，妳們兩個？想和桑朵菈玩耍嗎？」

「只是看書的途中出來散步，所以不用了。」

「今天的時間想用來看書。」

雖然兩人這麼說，卻似乎對桑朵菈和我緊貼在一起感到不悅。

其實我不是不明白，但這樣又算不上偏心。也沒有對她們施加某些限制，例如忍著別吃點心或看家～我身為母親當然也一直留心。

希望她們兩人忍耐一下。

感冒的時候媽媽會比較體貼，和這是相同的道理。

桑朵菈目前是受傷（？）狀態。

兩人都很聰明，應該明白這些道理，所以才沒有提出一起玩耍之類的具體要求吧。

下次買些美味的點心補償她們好了。

——不過美味的點心透過其他管道前來。

「來，這是魔族在帝都是的名產『煉獄鍋蓋』。酥脆的口感，不論多少都吃得下哪！」

別西卜帶伴手禮來到高原之家。

她登門拜訪的頻率高到會以為她住在附近。

「點心的名稱聽起來真是可怕。」

像是圓盤形狀的烤點心，應該是甜的。

「沒辦法，從以前就是這個名字哪。來，法露法與夏露夏，想吃多少都可以～！」

見到點心，法露法與夏露夏都十分興奮。

「哇～！別西卜小姐，謝謝妳每一次都送禮物！」

「總有一天要報答恩情。」

「能見到女兒開心的表情就滿足啦。要是再進一步要求，可是會遭天譴的哪～」

「嗯，見到我女兒開心的表情是好事。妳親切對待我的女兒，我也很高興。」

「妳也太強調『妳女兒』了吧……」

「我只是陳述事實而已，有何不可。」

心理戰在無關緊要的地方上演。

必須小心別讓別西卜順水推舟，變成她的女兒。

不過這一次，我覺得別西卜來的時機恰恰好。

既然獲贈了點心，應該也能減少法露法與夏露夏感受到的不公平。

尤其桑朵菈不吃點心，我甚至覺得對待兩人比對待桑朵菈更好。

「幫桑朵菈妳準備溶解少許肥料的水。用肥料水讓遭到啃食的葉片盡速再生。」

「知道了。希望葉片能長得比之前更漂亮。」

這三四天以桑朵菈為中心，多花些時間陪她後，再給法露法與夏露夏一點補償。

我要成為巧妙維持平衡的母親。

可能是別西卜帶來的點心發揮效果。當天晚上即使我和桑朵菈一起睡，法露法與夏露夏也沒有抱怨。

這個問題似乎就此解決。

「總覺得亞梓莎，妳似乎鬆了口氣呢。」

「基於立場，我必須為所有家人著想才行啊。」

「唔，動物真是麻煩的生物。」

她的標準果然粗糙到不行……

桑朵菈再度鑽進被窩後，幾秒鐘便進入夢鄉。

「幸好沒有費什麼功夫，但還是有限度的……」

隔天一大早，別西卜說：

「這幾天，小女子要在人類的國度調查水產資源。」

然後騎上乘坐前來的飛龍，飛上空中。

「拜拜～下次再來～雖然就算不說妳也會來吧。」

魔族擅自調查人類的國度，這樣好嗎。不過他們似乎沒有攻占領土的計畫，對我也無害，所以沒差。

另外叫醒我的不是別西卜，而是桑朵菈。

桑朵菈隨著天亮醒來。

現在也待在我的身邊。

植物早上很早起床，在陽光的幫助下，似乎也不會睡過頭。雖然我不認識其他曼德拉草，詳細情況不明。

「好啦，我要去做早餐了，桑朵菈妳要在這裡行光合作用嗎？」

「我想想，現在陽光還很弱，先回家去吧。」

比起之前嚎啕大哭的時候，桑朵菈變得健康許多，應該沒什麼問題。

桑朵菈專用的房間本來就空著，晚上也可以讓她正式在高原之家內生活。不過以她的個性，過於強勢的提議反而會導致她抗拒，所以只能等她主動開口。

早餐準備好之際，萊卡起床了。

羅莎莉則已經在餐廳飄來飄去。

「好，早餐搞定。去叫其他人來吧。」

走在走廊上，正好與哈爾卡拉和芙拉托緹擦身而過。

接下來就只剩法露法與夏露夏了。

我敲了敲房門。

可是沒回應。

難道還在睡嗎。

「妳們兩個，早飯準備好囉～」

我緩緩開門。

兩人不見蹤影。

「奇怪，她們跑哪去了……？」

然後我見到一張紙放在床上。

請不要來找我們
不過還是稍微找一下
出門旅行一趟
目標可能是
大史萊姆的住處
也有可能不是

法露法、夏露夏

「嗚哇啊啊啊啊啊！她們離家出走了！」

我放聲尖叫。

想不到會演變成這樣……

我以為自己沒有對兩人冷漠到足以讓她們離家出走啊……

不。

可能正因如此。

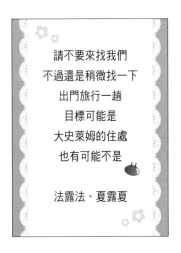

或許因為我事先打了預防針，讓她們無法像孩子一樣嚷嚷「多關心我們嘛！」反而讓兩人累積了挫折感。

正因為兩人知道這點程度必須忍耐的界線，忍耐才會導致壓力吧……？

打個不好的比方，或許對兩人而言，我的態度讓她們產生半死不活的感覺。

總之得想想辦法！

「亞梓莎大人，怎麼了嗎？」

「主人，有敵人的話，我芙拉托緹會揍一頓！」

龍族二人組已經跑來了。

一回到餐廳，我便讓家人看那封留下來的信。

「『請不要來找我們，不過還是稍微找一下。』究竟是找還是不找？不知道她們究竟想說什麼。」

芙拉托緹一臉錯愕。

雖然我是母親，但也知道這是該吐槽的地方。

「芙拉托緹真是一點都不細膩。這段文字反映了兩人的複雜心情。總不能只寫『來找我』就離家出走吧。即使心裡這麼想，也不能直接寫出來。」

萊卡巧妙地幫忙說明法露法與夏露夏的微妙心境。

「可是到頭來，她們還是寫了希望去找她們耶？」

芙拉托緹歪頭不解。

「所以很複雜啊。芙拉托緹妳也是壞女孩，總該有離家出走的經驗吧？」

「對藍龍而言，經常不告而別突然離家，或是一個月不回來。老爸在我年輕的時候，也有好幾次一整年沒回家的紀錄。」

她的家境太特殊了，完全無法讓她明白！

「天啊……竟然會變成這樣……難道我也疏忽大意了嗎……可能因為兩人太乖了，我才會視為理所當然……」

「這不是亞梓莎妳的錯，是我。」

桑朵菈拉了拉我的衣服，同時表示。

事情的開端是我對桑朵菈偏心。桑朵菈則對此感到責任。

不，這不是桑朵菈該注意的事情。

「呵呵……植物果然不該和動物太過親密呢。」

「不要再管動植物的差異了！唯有這一點絕對無關！」

由於大家都異於常人，因此不論好或壞，都無法顯而易見地消沉。

「她們畢竟還是孩子，感受不到寵愛當然會寂寞。」

看起來最像小孩的桑朵菈說這句話也怪怪的。不過吐槽下去沒完沒了，所以我沒開口。

「應該是這樣。所以她們才會選擇離家出走。」

典型到不能再典型的離家出走。

「好了啦，各位，現在應該積極思考！想想接下來該怎麼做！」

「對啊，大姊也打起精神吧！」

哈爾卡拉與羅莎莉試圖提振消沉的氣氛。

「讓妳們兩人也擔心了呢。」

「大姊，終究是離家出走，總會有辦法的！又不是像我一樣自盡，還有機會挽回！」

「大家舉例都太極端了啦！」

像羅莎莉這樣真的遭到父母背叛而自盡，當然會化為惡靈……

因為大家的人生故事都很特殊，難以集中在當前的離家出走。

「依照正常思考，她們是不是去了大史萊姆的所在之處？那裡接近兩人的故鄉，席羅娜小姐也住在那裡。堪稱完美的離家出走目的地呢。」

說出乎意料有點沒禮貌，但目前哈爾卡拉最可靠。她的酒品不好，但不愧是經營工廠的人，很懂得處理這種事。

「對啊。問題是大史萊姆的所在位置距離非～常～遠呢……」

難以得知她們兩人目前在哪裡。

「如果徒步前進，沒有遭到野生魔物襲擊就罷了……但是憑她們的力量，就算碰上野豬也有危險……」

「亞梓莎大人，吾人飛在空中尋找吧！」

萊卡拍了拍胸膛表示。

「看吾人馬上找到她們！現在她們應該還沒走遠！」

「謝謝妳，萊卡，那就拜託妳吧。我嘗試從地面搜索。」

「我芙拉托緹也要幫忙！」

「我也發揮幽靈的本領吧！」

這時我才終於恢復笑容。

畢竟大家都是家人。這不是我一個人的問題。

理所當然，大家都會幫忙尋找她們，靠大家的力量肯定會找到。

而且與其說我擔心她們離家出走，真正受到的打擊是兩人採取這種行動。

離家出走這件事，她們的留言內容等於要我去找她們，應該很快就能解決。

「謝謝妳們大家！」

我環顧家人後開口。高原之家的成員們大家心連心。

「還有桑朵菈，不好意思，妳負責看家吧。」

畢竟讓桑朵菈獨自到森林搜索反而危險。

「嗯，我會靜靜地行光合作用。」

她似乎也知道自己幫不上忙，感到十分懊悔。不過每個人的能力不一樣，沒辦法。

「哈爾卡拉也去上班吧，讓芙拉托緹載妳去納斯庫堤鎮。芙拉托緹妳之後再加入搜索就好。」

「也對……如果我幫忙的話，情況多半會惡化……」

啊，原來她也有自覺啊……

總之我們家人的行動方針就此決定。

無論如何，先找到法露法與夏露夏再說。

另外還得先想好，與兩人重逢的時候要說些什麼。

先為強迫她們忍耐這件事道歉，同時要求她們為造成其他家人麻煩道歉。這樣應該比較合理……

碰到這種情況，彼此道歉比較不會留下後遺症。

可是——

「法露法、夏露夏，妳們在哪裡～？在哪裡～？在的話就回答我！」

已經繞遍了高原周邊，卻始終沒發現兩人。

這時候輕飄飄的羅莎莉飛了過來。

「大姊，她們有可能知道大姊在找她們，刻意躲起來了吧。如果一下子就被發現，就算不上離家出走了。」

「有道理……如果三十分鐘就找到，根本不能算是離家出走……」

這麼一來，我強調在找她們，到處亂喊反而造成反效果了嗎。

問題是龍型態的萊卡振翅在空中盤旋十分顯眼，根本無法不動聲色地找人。

不對，如果不是我而是萊卡找她們的話，是不是比較好？

我不太了解她們這方面的心境。

因為我沒有離家出走過。說不定當初應該嘗試一次才對……

之後送哈爾卡拉去工廠上班的芙拉托緹也加入搜索，卻始終沒有在前往大史萊姆的路上，發現與兩人相像的身影，上午就此結束。

我們暫時回到高原之家開作戰會議，順便吃午餐。

「可能——沒有去找大史萊姆吧。」

我如此下結論。

「地面由我，空中由萊卡與芙拉托緹，人跡罕至的地方也有羅莎莉尋找。法露法與夏露夏並不是捉迷藏的天才，不太可能到現在還找不到。」

「不會變成史萊姆跑掉了吧？」

桑朵菈直指盲點。

「這……如果真的是這樣，就非常難找了……但兩人無法自由變成史萊姆，所以應該不至於。」

「這下子就很困難了呢。」

認真的萊卡不知何時製作了類似搜索用的地圖。

「弗拉塔村雖然不在前往大史萊姆的路上，但應該會為了購買物資而經過，所以吾人也確認過了。但是根據村民的說法，兩人並未前往。」

「動作真快！萊卡真的好認真呢……實在太完美了。」

「怎麼會，請不要誇獎吾人好嗎……這點小事是當然的。不過……承蒙稱讚是吾人的光榮……」

萊卡謙虛的同時，感到十分高興。萊卡的態度也相當複雜呢。

大史萊姆的住處十分遙遠，我原以為她們可能在弗拉塔村過夜。結果可能性一下子就降至零。

另外我之前決定延後尋找弗拉塔村，是因為村子裡無處可躲。所有村民都認識法露法與夏露夏，一下子就會穿幫。

「那究竟在哪裡呢……該不會躲在家裡的哪間房間吧——」

「我已經穿牆，檢查過所有房間了。連閣樓與地板下方都沒找到她們。」

「羅莎莉已經調查過，代表也不可能嘛。」

和羅莎莉玩捉迷藏，絕對不可能躲到最後。

「另外我也確認過牆壁內，椅子裡面，也沒找到。」

「要是藏在椅子裡面，就變成恐怖片了！」

雖然不是無法挖空沙發躲進去，但這樣不叫離家出走。

「怎麼辦，不知道該上哪裡找……」

「亞梓莎大人，請您別氣餒。她們兩位都很機靈，有方法避免被找到是很自然的。一個地方一個地方慢慢找吧！」

萊卡一邊鼓舞我，同時安慰我。

嗯，母親可不能就這樣一蹶不振。

「嗯，先告知大史萊姆與席羅娜，如果她們兩人抵達的話就聯絡我們。」

如此一來，若兩人計畫還鄉，就能掌握接近目標的情報。

「還有保險起見，問問別西卜她們是否在范澤爾德城下町——咦？」

一絲疑惑閃過我的腦海。

與其說疑惑，更像接近問題的核心。

「別西卜一大早就出門了吧……會不會跟在別西卜的身邊……？」

要是兩人說要當她的女兒，她會高興地背叛我。而且絲毫不會受到良心的譴責。

幾乎可以確定別西卜就是犯人。

「不過別西卜是騎著飛龍移動吧。法露法與夏露夏也跟著她嗎……？我是沒看見……」

啊，桑朵菈之前也目送別西卜離去。

「不對，要說偶然的話，總覺得也太巧了。反正已經知道她去哪個地區工作，去找找她吧。」

工作時間召喚別西卜好像不太好。而且就算只召喚她一人，法露法與夏露夏也不會跟著出現。

◇

下午到隔天的行動就此決定。

我乘坐萊卡去找大史萊姆與席羅娜，告訴她們法露法和夏露夏離家出走。席羅娜可能和別西卜一樣，幫忙藏匿兩個姊姊，但是她們目前不可能抵達席羅娜的住處。所以席羅娜還不是嫌犯。

這一天萊卡也疲勞了，所以在附近鎮上的旅館過夜。不論任何時刻都不勉強，也不強迫他人。

到了隔天。

中途與芙拉托緹會合，交換情報。昨天法露法與夏露夏似乎沒回到高原之家。沒辦法，我只好再度乘坐萊卡飛行。

目標是最可疑的別西卜。

她應該尚未回到范澤爾德城，還在人類的地區。而且她之前說工作為時數日。即使是不起眼的地區，我依然確實打聽過地名。

「肯定趁休息時間，在咖啡廳請法路法和夏露夏吃蛋糕吧，八九不離十。可惡的別西卜！」

「亞梓莎大人，還沒確定別西卜小姐就是犯人吧……」

「還沒確定她是犯人，但是太可疑了！因為她的行動模式很好猜！」

別西卜目前在山裡，與其他魔族一同檢查果樹的果實情況。

「咦？沒見到法露法與夏露夏……」

「妳來這裡做什麼？應該沒有忘記東西吧。」

她顯得有些錯愕，於是我告訴她女兒離家出走一事。

雖然不是很想開口，但是大老遠跑來，也不能一句話都不說。

「妳、妳說什麼！大事不好啦！得組織幾千人搜尋才行！」

「這會害人誤解魔族要攻打人類王國，別鬧了！」

「可是一整天都沒回家，兩個女兒出了事情該怎麼辦！就算是妳，小女子也不保證生命安全！做好心理準備吧！」

「別連這種時候都一副自己女兒失蹤的口氣！」

怎麼可以對正在尋找離家女兒的母親說這種話！

可是別西卜的反應並不假。

代表她們兩人並未跑去找別西卜……

「怎麼會……我原本以為絕對是她們想離家出走，才會叫妳帶著她們耶……」

「妳這句話超沒禮貌哪！果然不能讓妳養育她們兩人！這一瞬間，法露法與夏露夏就歸小女子了!小女子的財產繼承權也全部給她們兩人!」

「看，妳既然要說這種話，我也要懷疑妳了!我會懷疑別西卜妳，妳得負起一半責任!」

「不好意思，兩位，問題變成先有石化雞蛇還是先有蛋了，請冷靜一點……」

萊卡以類似先有雞還是先有蛋的俗語勸告我們。

「也對……現在不是與別西卜吵架的時候。」

「就算以全體魔族的性命交換，也要找到她們兩人。」

這種代價太過沉重，別鬧了。

「唔，一切回到了原點。法露法與夏露夏究竟跑哪去了?若是捉迷藏的話也太會躲了。」

她們兩人無法在空中飛翔。

也不會使用空間移動魔法。

同樣無法像騎馬一樣急馳。

或許她們比外表相符的孩童更有本事，但是行動範圍應該有限。

我在萊卡製作的地圖面前抱頭傷腦筋。

「這種時候更要依照邏輯思考。假設兩人一小時的步行是四基爾洛。然後呢，趁當天上午展開搜索的妳們沒發現之前，大約能走這些距離吧。」

別西卜在地圖上畫線，在上頭寫了十基爾洛。
有人聚集的地區，就只有弗拉塔村與納斯庫堤鎮。
唔！還沒調查過納斯庫堤鎮。
「欸，萊卡，上午確認過弗拉塔村了吧。在納斯庫堤鎮打聽過了嗎？」
萊卡微微搖了搖頭。
「不，如果不經過弗拉塔村，直接前往納斯庫堤鎮，會行經一條幾乎無人走的道路……吾人以為就算要走，也會經過弗拉塔村……」
嗯，萊卡的說明很正確。
即使要前往納斯庫堤鎮與更遠的城鎮，也該到弗拉塔村後沿著街道前進，這樣馬路比較好走。
「如果從高原之家直接前往納斯庫堤鎮，就要強行穿越沒有路的草原。」
「是的。對兩人而言應該相當難走。」
「但並不是辦不到。既沒有強大的魔物出沒，相較於弗拉塔村，熟識法露法與夏露夏的人也比較少。」
「亞梓莎大人，她們有可能直接前往納斯庫堤鎮……但即便如此，芙拉托緹應該也在下午調查過更遠的街道了。」

「也對。但如果她們在鎮上逗留的話呢？」

我十分確信。

其實剛才別西卜推測的時候，我也有類似的想法……不過我現在更強烈地確定。

「法露法與夏露夏在納斯庫堤鎮。

說得更具體一點，在哈爾卡拉的工廠！」

「妳說什麼！那麼即使破壞整座哈爾卡拉的工廠，也得找到她們！」

「拜託不要！」

只要和兩個女兒有關，別西卜就不時露出魔族的本性。

不過萊卡似乎還難以接受。

這也難怪。光憑這些說法，我的論調聽起來肯定很牽強。聽不出來究竟是不是硬拗……

「亞梓莎大人。昨天發現兩人離家的時候，哈爾卡拉小姐還在家裡和眾人在一起。看起來也沒有欺騙眾人的跡象。」

「嗯，那時候哈爾卡拉應該和我們一樣心想，兩人究竟跑哪去了。接著昨天早上，乘坐芙拉托緹前往工廠上班——然後發現兩人在工廠。」

萊卡這才恍然大悟。

「兩人留下一封信，在萊卡與芙拉托緹從空中發現之前，直接前往納斯庫堤鎮。然後在無人的地方消磨時間，等到工廠上班時間後，才去找哈爾卡拉。」

這種方法最合理，能達到一定程度的離家出走效果。

「只要哈爾卡拉願意隱瞞，就不需要大老遠跑去找大史萊姆，曝光的風險也低。哈爾卡拉如果說『工廠也沒看到她們』，我們也無法說她在撒謊，立刻全家動員調查工廠。」

既然兩人離家出走，代表一段時間內不會回到我身邊或高原之家。

離家出走屬於一種抗議活動，一下子就發現便失去了意義。

可是留下的信中內容很明顯，她們不會下定決心，一去不回頭。

「如果不在弗拉塔村，就在納斯庫堤鎮。這段距離只要早晨從高原之家出發，就能在我們展開搜索前抵達。」

「嗯，真是精湛的推理！那麼現在召集魔族，前往工廠吧——」

「拜託別將事情鬧大！」

而且等今晚哈爾卡拉回家後，就能打聽兩人躲在工廠的說法是否屬實。

希望這次是正確答案……雖然我確信，但尚未確認是正確答案，所以不太放心。

如果她們在完全不同的地方，那我也束手無策。

之後搭乘萊卡返家，可是尚未找到法露法與夏露夏。而且別西卜也說現在無法回到魔族地區，跟著我回來。

結果兩人沒有回家，到了晚餐時間。

氣氛比平時沉重，實在沒辦法。可是又不能什麼也不吃。

「大姊，絕對會發現的。即使事情很嚴重，但是過度嚴肅也不好。況且人類不會那麼容易死掉。」

「嗯，謝謝妳。你的好意我就收下吧。」

話說好像沒聽過妖精死亡的案例……

「其實那兩人極少一整天纏著亞梓莎不放吧。例如到了念書時間，也分別默默地看書。或許她們本來就想多撒嬌。」

桑朵菈也坐在座位上。

這番話可能是對的。由於桑朵菈做出孩童般的舉止，因而刺激了法露法與夏露夏想撒嬌的心。

「今天真的很感謝各位幫忙。我猜想，等哈爾卡拉回來後，真相就會大白。她們兩人應該在納斯庫堤鎮。」

基於法露法和夏露夏的母親立場，我向大家道謝。

就在此時，大門開啟。

噢，哈爾卡拉似乎搭乘芙拉托緹回來了。
首先芙拉托緹一臉可疑的表情進入室內。
原因立刻揭曉。

像是哈爾卡拉的人物，不知為何戴著面具！
即使看不見容貌，從服裝和身材也知道是她。
而且她還帶著史萊姆的面具！

「我回來了，我是貨真價實的哈爾卡拉。」
「這一點無庸置疑，可是也太不自然了吧！那個面具是怎麼回事!?」
「沒有啦，今天稍微弄傷了臉部……所以才戴上納斯庫堤鎮販售的面具。沒錯，我不是史萊姆，而是一如往常的哈爾卡拉。」
這不是可疑不可疑的問題。
純粹就是怪異！
「哈爾卡拉，戴著面具應該沒辦法吃飯，妳要怎麼吃？」
「這個……我可以在自己的房間吃嗎？」
她極力避免與我們對話呢。

等一下，如果真的怪異到這種程度，昨天哈爾卡拉回到高原之家的時候就應該有跡象。照理說這些事情應該透過早上會合的芙拉托緹，透露給我得知才對。

「欸，芙拉托緹，昨天的哈爾卡拉是什麼情況？」

「我去接她的時候已經喝得爛醉，神智不清了。我以為她沒找到兩人才會喝悶酒。」

女兒離家當天她就喝悶酒，不對勁。我本來希望她在清醒的狀態下幫忙找，不過這方面因人而異，不重要。

更重要的是——

她該不會靠喝醉，避免出現可疑舉止？

看我從哈爾卡拉的嘴裡套話。

「機會難得，在我們吃飽之前，先坐在座位上吧。還得找妳談談法露法與夏露夏的事情。」

「唔……我、我知道了……」

可能發現自己逃不了，哈爾卡拉戴著面具，僵硬地坐在自己的座位上。

明明要討論嚴肅的話題，氣氛卻一下子變得不正經。

「大家聽我說，明天呢，我想去納斯庫堤鎮——」

哈爾卡拉的肩膀陡然一跳。

她剛才對「納斯庫堤鎮」這個詞產生了反應呢……因為除此之外的詞只有「大家」與「明天」，產生反應的肯定不是這兩個詞。就算她戴面具都看得出來。

她肯定逃不了關係，而且以時間點來看，唯一的可能性就是法露法與夏露夏兩人。

「——去納斯庫堤鄭重點搜索附近地區。原因是不經過弗拉塔村，也可以穿過高原直接前往納斯庫堤鎮。」

「呼~呼呼~」

哈爾卡拉好像過度呼吸一樣猛吸氣。

「哈爾卡拉小姐，您哪裡不舒服嗎？」

萊卡一臉狐疑的表情指出。

「沒有……只是面具太貼臉，導致呼吸困難而已……我身體沒事……很有精神……」

「呼吸困難的話，摘下面具不是比較好？」

「沒有啦，因為不想露出自己受傷的部分啊。才會覺得漂亮又滑嫩的史萊姆面具比較好。哈哈哈……」

「另外妳的臉上哪裡受了傷？」

「真要說的話，鼻頭部分癢癢的。」

這絕對不算受傷。

「妳真的，真的，臉上受傷了吧？」

「…………至少我覺得好像受傷了。因為受傷很主觀嘛。」

再試著動搖她的自信吧。

不對，其實已經搖得太用力，搖到她都翻車了……

我做作地深深嘆了一口氣，以手掩面。

「天啊……法露法，夏露夏，妳們到底去哪裡了……快點回來好嗎……我實在忍不住了……」

然後我偷偷從指縫偷瞄哈爾卡拉。只見汗水從她的脖子滑落。

她果然很慌張。

「法法法法法露法妹妹與夏夏夏夏露夏妹妹，就就就就快回來了……我我我有這種感覺。」

聽起來好像曲子的混音版！

「如果有誰綁架法露法與夏露夏，小女子絕不饒他的命！要嚴格懲罰！將指甲一片一片拔掉後，再丟進業火焚燒！」

別西卜好像也站在我這邊。不，她只是單純說出真心話吧？

「說說說說綁架太嚴重了吧……只是躲在哪裡而已啦……肯定會找到的！別說這

種可怕的話嚇人……」
這是害怕自己受到懲罰的反應。
「有什麼關係，又不是要刺穿妳，或是將妳丟進沼澤內。但如果有人是綁架犯，就要加以處刑。」
「懲罰內容具體化，聽起來好可怕……另外所謂的綁架，是違反當事人意志強行帶走吧……？如果當事人想躲起來，那麼幫忙藏匿應該不算吧……？」
她已經不打自招了！
「在小女子看來，窩藏兩人的分子也同罪。小女子要割開他的肚子扯出內臟。讓他後悔誕生在世界上！」
「不對不對，出自體貼的想法，幫忙藏匿兩人的行動應該不算吧～我猜啦……」
她忙著為自己辯護。
老實說，所有人早就知道兩人可能躲在哈爾卡拉的工廠。連芙拉托緹和羅莎莉都露出錯愕的表情。
「哈爾卡拉大姊，說謊而死好像會下地獄，遭受酷刑懲罰喔。」
「羅莎莉小姐，這太不吉利了吧……而且依照妳的說法，要是說謊遭到處死，死後還得面臨酷刑，那不是虧大了嗎……」
「所以最好不要說謊。從實招來比較好喔。」

「沒、沒有啦~這樣的話豈不是也有可能對別人說謊嗎。若是已經答應絕對不會透露所在位置，結果又說溜嘴的話，這樣也算是說謊吧……答應了一邊，就無法滿足另一邊……」

法露法與夏露夏似乎叫她別透露兩人躲藏的地方。

以結果而言哈爾卡拉等於全部招認，情況已經很具體了。

不過說起來，她也算是受害者吧……被迫對我們說謊。

回家後要是透露法露法和夏露夏在工廠，雖然解決了問題，卻會失去兩人的信任。這樣也不行。她毫無疑問成了左右為難的夾心餅乾。

昨天喝得酩酊大醉才回家，肯定也是讓自己陷入無法自白的計畫。

「抱歉喔，哈爾卡拉。」

我略為低頭致歉。

「對、對嘛。如果師傅大人多關心她們，就不會發生這麼大的事情了。她們兩人也很後悔離家出走，趕快和她們和解吧。我也很難受耶~」

「妳的反應好像早就知道一切了呢。」

她也太不會說謊了。

「啊，剛才……是身體不舒服的胡說八道。」

「妳剛才明明說自己很有精神吧！」

「哦，只有身體不舒服的人才會逞強說自己很有精神啦，逞強！」

別自暴自棄啦！

「她們兩人在你的工廠吧！趕快從實招來！早就已經穿幫了啦！」

我放聲大喊。

答案已經明顯到就算說清楚也不會有問題。

只見哈爾卡拉緩緩摘下面具。

她的表情非常困擾。

然後她低頭直到額頭碰觸桌面為止。就像坐在椅子上同時下跪一樣。

「對，師傅大人說得沒錯！完全正確！拜託不要讓我說謊！雖然我戴面具避免表情露出馬腳，但已經到極限了！」

「就算沒有寫在臉上，從不自然的舉止也看得出來吧！」

「我已經盡全力了！再繼續硬拗下去會胃穿孔！到極限了！」

從一開始就沒硬拗成功吧。

「但是居然有這種面具啊……」

桑朵菈對奇怪的地方感到錯愕。

「另外這不是在納斯庫堤鎮買的，而是個人物品。我是生意人，有時候必須避免別人看穿表情。」

可是會被當成怪人，我覺得沒什麼意義。

總之，現在已經清楚得知法露法與夏露夏的所在。

「萊卡，現在可以拜託妳載我去納斯庫堤鎮嗎？身為母親的我得去迎接她們才行。」

「好的！吾人當然——」

「小女子也要去！」

別西卜在奇怪的地方較勁！

她要是跑來會變得很複雜，所以我還是阻止了她。

乘坐萊卡前往納斯庫堤鎮不到五分鐘。走下龍型態的萊卡，步行至工廠也不到十分鐘。

不過現在，這麼短的時間可能有反效果。

我沒辦法這麼快整理心情。

見到她們後先說太好了，並且緊緊摟住她們。嗯，這樣不錯。可是也不能光高興，還得斥責她們給大家添了麻煩。不論有任何原因，連我以外的所有家人都擔心她們。

還有，哈爾卡拉甚至陷入欺騙家人的窘境。雖然她的舉止和自白沒有兩樣……

不論哪件事情都得明辨是非才行。母親不該只會一直溺愛女兒，這樣就和別西卜一樣。不對的事情必須說清楚才行。

「可是我不太想罵她們……她們可能會因此害怕媽媽……」

「亞梓莎大人，您的心聲說出來了喔……」

「沒關係，反正飛在空中的期間，只有萊卡妳一人聽見！」

在我們交談的期間，已經可以看見納斯庫堤鎮的燈火。

◇

前往工廠後，見到光線從後門透出。

照理說工廠已經休息，所以那應該是法露法與夏露夏在工廠的證據。

我用向哈爾卡拉借來的鑰匙打開工廠門進入。

雖然很暗，可是點亮燈火，嚇得她們跑掉也很麻煩。就這樣前往後方房間吧。

萊卡也跟在我身後。

然後我們來到光線從門縫底下滲出之處。

我將手置於門把上，等了一會。

想先冷靜下來也是原因之一，但其實我聽到了聲音。

「法露法想回家……」

「姊姊，這樣就半途而廢了。堅持下去才是離家出走的正確方式。既然開始，就必須貫徹始終。」

傳來法露法難受的聲音，以及在奇怪之處十分認真的夏露夏聲音。

「可是夏露夏也想回媽媽的身邊吧？已經第二天了，可以了吧？」

「當然。可是人都等到失去後，才會發現重要性。為了讓媽媽知道法露法與夏露夏是無可取代的對象……離家出走也是無可奈何。切肉須斷骨，斬草必除根。」

「可是現在也很明白沒有媽媽陪在身邊，法露法和夏露夏好寂寞……」

「……夏露夏認為已經瞭若指掌的事情不需要說出來。」

什麼啊，原來兩人早就想回家，歸心似箭了嘛。

那我就實現兩人的願望吧。

先見到兩人，之後再考慮要不要斥責。

於是我打開門。

兩人望向我。

淚水隨即在眼眶內打轉。

我也飛奔到兩人身邊。

兩人跟著張開雙臂，等待被我抱緊。

「媽媽！」「媽媽！」

「好好好，因為妳們大費周章地離家出走，花了點時間才找到你們。」

我緊緊摟住兩人。

「媽媽很明白妳們的心情，但是不可以用這種方式造成他人困擾喔。這一次是初犯，所以媽媽原諒妳們。而且媽媽也有錯，所以相互抵銷。這樣可以嗎？」

「「好！」」

雙胞胎很有默契地異口同聲。

「不過呢，妳們也造成其他家人的困擾。沒辦法當成和媽媽彼此之間的問題而已。所以還要對其他家人好好道歉。這一點可以遵守嗎？」

兩人都邊哭邊點頭。

離家出走果然不應該。會鬧得全家雞飛狗跳。

「嗚……母女情深的模樣，看得連吾人都好想哭……」

萊卡似乎也深受感動，以手帕擦拭眼角。雖然有些難為情，反正是家人，沒關係。

況且要說難為情，讓女兒離家出走的我也沒資格說別人。

畢竟我成為母親還不是很久。即使戰鬥等方面的等級很高，身為母親的等級還很低。我並非當了三百年的母親，所以還有成長的餘地。

「我也得提升為人母的等級才行。所以妳們兩人也要提升身為女兒的等級。」

兩人都哭得泣不成聲，沒有回答。但我很快就知道，她們都表示同意。

憑藉母女情深，明白這種小事不難。

◇

回到高原之家後，法露法與夏露夏好好地向大家道歉。

由於沒有人不原諒他們，這件事情就此解決。

不過別西卜好像哭得比我還誇張……

「下次如果再碰到難過的事，記得要來找小女子啊。不論發生什麼，小女子都會幫妳們……離家出走很危險，可別再這樣了哪。」

她果然想搶走母親的角色！

我得小心避免別西卜鳩占鵲巢。
而且居然想利用離家出走的事件，太壞了吧。
接著特別是桑朵菈，向法露法與夏露夏誠心低頭道歉。真要說的話，其實是桑朵菈覺得自己有說明的責任。
「其實不是桑朵菈小姐的責任。」
「一切都是夏露夏與姊姊的幼稚行動引發的風波。」
「沒關係啦。妳們也可以像個孩子一樣多多撒嬌。這也算是動物幼崽的工作。」
選詞用字雖然不是很恰當，但可以視為順利解決。
之後為了紀念兩人平安歸來，稍微慶祝了一番。
不過光是全家人齊聚一堂，就已經非常值得感激了。甚至可以天天慶祝。
即使活了三百年以上，還是有許多必須學習，以及值得學習的事。今後也要孜孜矻矻第扮演母親的角色。
另外哈爾卡拉說「喝酒慶祝吧！」結果喝得爛醉。
畢竟她也是不折不扣的受害者，今天就讓她毫無後顧之憂地盡情喝醉吧。

捕捉到沼水晶

She continued destroy slime for 300 years

「話說史萊姆是什麼滋味呢～？」

晚飯吃到一半，哈爾卡拉突然發問。

「嗯，哈爾卡拉，暫時別動喔。」

我以手置於她的額頭上。

「……師傅大人，您在做什麼呢？」

「嗯，沒發燒。但光是這樣還不能放心，妳是不是吃了毒蘑菇之類？就是會意識不清，導致胡說八道的那種。」

或者工廠的工作難道比我想像中還忙？不，平時的哈爾卡拉看起來不怎麼辛苦。而且老闆在公司裡的壓力都比較小。過勞死的應該大多都是被迫做牛做馬的勞方。

「太過分了喔，師傅大人！昨天和今天我都沒有吃過蘑菇！」

「難道正常狀態下，有人會對史萊姆的滋味感到好奇嗎……」

某種意義上，問題可能更嚴重。

「我是偶然好奇史萊姆的味道啦。難道這種話題不是在一家和樂融融的氣氛下，不經意聊起來的嗎～」

「拜託，這個問題不太和睦吧。因為我們有家人是史萊姆妖精啊。」

但如果有人問我，法露法與夏露夏是不是可愛得讓人想吃掉，我會回答Yes。

「啊，我不是那個意思！我不是要咬一口法露法妹妹與夏露夏妹妹！」

哈爾卡拉立刻辯解。由於她很不會說謊（不久之前還戴面具企圖掩飾），應該可以相信她。

另外法露法與夏露夏也像是不為所動，正在吃漢堡排。她們兩人看見壞史萊姆，會毫不留情地狩獵。或許她們沒有身為史萊姆的意識。

「哈爾卡拉姊姊，為何妳會想吃史萊姆呢～？」

法露法詢問理所當然的問題。她的臉頰上還沾著醬汁。

「因為史萊姆QQ的，看起來有點像好吃的點心啊。所以我才會突然感興趣。」

聽她這麼說，還真的像QQ糖。

「師傅大人不是也製作過『食用史萊姆』這種點心嗎。我才會心想，真正的史萊姆是不是也是甜的。」

「我只是為了外觀上的衝擊性，才在點心上加了臉啦……」

讓豆沙包這個名字深植人心似乎不容易，才會借用史萊姆這個角色。

「真是深奧的話題。不過要食用史萊姆很困難。」

夏露夏同樣臉頰沾著醬汁。她想慢條斯理地享用，但是卻不太順利。

「因為史萊姆屬於魔物，狩獵魔物後會變成魔法石。而石頭是不能吃的。史萊姆很弱，所以咬一口就能立刻打倒。」

我拍了拍哈爾卡拉的肩膀。

「我的腦海中已經浮現哈爾卡拉咬一口野生史萊姆，結果史萊姆變成魔法石，導致缺了一顆牙齒。絕對別做這種危險舉動喔。」

「師傅大人，我也是社會人士喔。這種孩子氣的事情一年只會做幾次而已。」

「還會做幾次喔。」

另外我覺得，她應該會做更多次。

「真要說的話，吃下肚子後變成魔法石比較危險呢……還是不要模仿。」

到時候可能有必要動手術，最壞的情況下會有生命危險。

「好~雖然我想知道究竟是什麼味道。至少對口感有點好奇。感覺有可能成為開發新商品的靈感。」

我的確不記得在這個世界上見過口感類似QQ軟糖的食物。如果研發出這種東西，或許會成為劃時代的商品。

「哈爾卡拉的幹勁值得讚賞，但是可不逞強去挑戰吃史萊姆。放棄吧。」

「嗯，哈爾卡拉姊姊，最好別亂來喔。魔物是不能吃的」
「以前常說一句話，『就像吃史萊姆一樣』。代表毫無益處。」
在我與雙胞胎的勸諫下，哈爾卡拉也決定不去吃史萊姆。
對，是史萊姆。

用餐完畢，我在泡澡的時候，有人敲了敲浴室前的門。
「師傅大人，想麻煩您介紹某位人士給我！」
「怎麼會在這個時間點詢問啊!?」
「因為我脫衣服準備泡澡時，脫光之後才發現『啊，有人先泡了』。」
居然有然想實踐這種古典戀愛喜劇常見的橋段……浴室裡的燈亮著，看也該知道吧……
「然後我見到自己的胸部，就想起史萊姆。」
不要看到胸部想起來啦。
「一直待在那裡要是感冒也不好，進來吧。」
應該說我也沒辦法叫她在那裡等。如果真的讓她全裸等候，我就沒辦法好好泡澡了。
「知道了，那我就進來囉～」

哈爾卡拉以熱水沖洗身體，然後進入浴池。浴池可以輕鬆容納好幾人，所以沒有問題。當初萊卡增建房子時也擴大了浴池。雖然當時沒想到會變成這麼大的家族。

「妳希望我幫妳介紹誰呢？」

某種意義上，我的人脈很廣。

認識的對象不是特別多，但是五花八門，有魔族、妖精、惡靈與神明。認識的普通人類反而很少。

「我先說明原因吧。既然史萊姆不能吃，於是我思考能不能吃接近史萊姆，不屬於魔物的生物。老實說比起滋味，我對口感更感興趣。」

「在奇怪的地方激起探究心嗎……本身倒是不壞……」

我盯著哈爾卡拉的胸部，同時回答。

她的胸部大歸大，但要形容成史萊姆就太誇張了。嗯，太誇張。大到那樣會影響生活。

「我心想有沒有軟QQ的生物，結果得到一個結論。」

哦，什麼結論呢。

「那就是──水母！」

哈爾卡拉說得氣勢十足。

「請師傅大人幫忙介紹水母妖精，裘雅莉娜小姐！」

水母啊。

有道理。水母的確軟QQ，說不定有些品種的水母能食用。中華料理的前菜也會端出脆脆的食物。

不過那道脆脆的食物脫去了相當多的水分吧……否則怎麼會脆脆的……如果維持大量水分，估計沒辦法。

「我說啊，就算能吃，應該也沒辦法軟QQ地直接吃吧……」

「到時候再說！重點在於挑戰！」

於是我在哈爾卡拉的熱情推動下，決定幫她介紹裘雅莉娜小姐。

◇

過幾天，我帶哈爾卡拉拜訪悠芙芙媽媽的家。

「——就是這樣，悠芙芙媽媽，幫忙介紹裘雅莉娜小姐吧。」

我沒辦法直接與水母妖精裘雅莉娜小姐相約，所以得透過悠芙芙媽媽。

畢竟經常不知道她到底人在何方……

不愧是水母妖精，她似乎也很少回去自己的故鄉島嶼。

她的壽命好像長到我根本無法相提並論，或許故鄉待膩了吧。

「原來如此。讓妳與裘雅莉娜見面倒是無妨。」
悠芙芙媽媽像是難得興趣缺缺，表情略帶困惑。
「可是妳的目的是吃水母吧。水母妖精應該不會給妳好臉色看。」
「對耶……她可能會覺得豈有此理。」
以前曾經拜託她幫忙處理海水浴場的水母。但那終究只是移開，不是驅除水母。
「不過還是問問看吧。反正很難預料到她的想法。」
裘雅莉娜小姐的立場在妖精中也相當特殊呢……
「拜託您！一旦感到好奇，我就想不斷嘗試！」
哈爾卡拉也低頭拜託。我們全家人都有一股這種蠻勁，這種程度的蠻勁就別計較吧。
「知道了。那麼我去叫她一下，在這裡等等。」
說完，悠芙芙媽媽走到屋外。

——三十秒後。
「久等了～」
回來的悠芙芙媽媽身後是裘雅莉娜小姐。
以前也發生過這種事，一叫她，她馬上就來……

「……好久不見了。您想要畫嗎，水母母母。」

啊，她以為我們找她是為了畫。

「我正好完成了『絕望』四部作品，正準備著手接下來的四部『無聊』。」

這種標題放在美術館還可以，我實在不想放在家裡……

我推了一下哈爾卡拉的背後。

這種難以啟齒的要求，拜託由提議的人開口。

「我是精靈哈爾卡拉。今天有事情想拜託水母妖精裘雅莉娜小姐您……」

即使是哈爾卡拉，似乎也不敢一開口就說想吃水母。於是她從想品嘗史萊姆的滋味，卻不得其門而入……的地方切入。

「所以，能不能嘗嘗看水母呢!?如果有好的水母，希望您能告訴我……不、不過，若是沒辦法我就放棄……」

「…………」

裘雅莉娜小姐沉默了一會。

難道他在生氣嗎？由於沒有寫在臉上，難以得知。不如說根本看不出來。

「找我不是為了畫，而是為了水母嗎？」

她好像有點失望！不過有人為了水母找她，她一臉失望也說不過去吧？

「我覺得就算品嘗水母也沒什麼意義，好像也沒什麼營養。雖然我不會阻止妳。」

似乎沒有問題，不過保險起見，我也跟著確認吧。
「裘雅莉娜小姐，吃水母本身ＯＫ嗎？」
「因為水母完全沒有思考，就像與自己無關，隨處可見的生物一樣。況且我又不是水母王之類。」
原來水母妖精對水母毫無興趣啊。
「雖然我可以對水母傳送心電感應。」
「果然能和水母交流嘛！」
「不過水母沒有思考，所以沒什麼影響。從七萬年前就一直這樣。」
她早就放棄自己身為妖精的使命了……
「情況我明白了。若是當作史萊姆的替代品，最好向妳介紹生活在池塘或沼澤的品種吧。我會告訴妳，所以要煮要烤都隨便。另外因為捕捉很麻煩，我不會幫忙。網子就由妳自己準備。」
得到了她的協助。但是卻有些難以釋懷。
原來愛的相反真的是漠不關心啊……
於是決定改天前往接近史萊姆的水母品種棲息的沼澤。

◇

我們準備了網子，來到沼澤。

隨行的人包括感興趣的法露法與夏露夏，還有負責載人的萊卡。

「亞梓莎大人，這是很普通的沼澤呢……」

「對啊。另外沼澤裡有水母棲息嗎，我都沒發現淡水裡有水母呢。」

裘雅莉娜小姐躺在沼澤邊上。她並非昏倒，而是以這種姿勢等待我們吧。與其說水母妖精，她更像藝術家，讓人摸不透想法。

「啊，裘雅莉娜小姐，我們到了。」

「嗯，各位好。」

然後她緩緩起身。雖然沒有量血壓的機器，但我猜她肯定低血壓。

「有帶網子吧？」

「是的！為了今天特地買的！」

哈爾卡拉充滿自信地炫耀網子。既然她提議就該由她買。

「那就將網子拋進沼澤內。然後拉起來。」

「還真是簡單……」

似乎連哈爾卡拉都有同感。

「不過沒關係！我要拋囉！嘿～喲！」
哈爾卡拉朝沼澤拋出網子。
網子上頭有鉛墜，會沉到沼澤底部。
只要拉起來，就能捕獲沼澤內的各種物種。
其實我不太想捕獲棲息在沼澤內的物種……印象中有各種亂七八糟的東西沉在底部。
過了一段時間，哈爾卡拉拉動網子。
「好，要拉囉！唔、唔……！」
她似乎使勁用力拉，網子卻文風不動。
「沉重的不得了！動也不動！」
不知是網子單純勾到了東西，還是捕到了大傢伙。
裘雅莉娜小姐絲毫沒有解說，僅盯著沼澤看，所以我不清楚。
「真沒辦法。萊卡，幫幫她吧。」
有我和萊卡幫忙，應該拉得起來。
「明白了，亞梓莎大人！」
於是我和萊卡跟在哈爾卡拉身後，拉動網子。
——有我和萊卡幫忙拉，不可能拉不動。要說風險，就是擔心網子承受不住而破裂。但結果是杞人憂天，網子輕易拉了起來。
看看究竟有什麼東西？
兩個女兒也充滿興趣盯著網子瞧。
首先網到的是棲息在沼澤裡的魚。這在意料之內。
接著是鞋子。嗯，沼澤裡有垃圾不稀奇……
到這裡都是很普通的東西，但接下來卻不一樣。
居然出現了透明的果凍狀物體，一瞬間足以讓人誤以為直接將水撈了起來！
「這是什麼啊！」
大小約與馬車的車廂部分相等。
而且還有好幾個。雖然我不知道該說好幾個，還是好幾隻。
「哇～真是漂亮～明明泡在混濁的沼澤內，居然這麼透明～」
「某種程度上類似史萊姆，卻是完全不同的物種。它應該無法靠自力移動。」
一如學者風範的兩個女兒分析，那是透明的大型物體。
「哦！成功了！這的確很像史萊姆呢！」
哈爾卡拉對成果歡欣鼓舞。如果連她都缺乏幹勁，我可要生氣囉。
另外裘雅莉娜小姐果然興趣缺缺。由於她剛才躺在地上，或許光是起身就算不錯了。

「這是叫做沼水晶的水母。沉在沼澤底部，吸收水中的養分，幾乎一動也不動。不知道究竟哪裡有趣，總之毫無價值。」

這番評論對水母同伴真的毫無感情耶……

不過偶爾也會見到這種動也不動的動物。

哈爾卡拉迅速接近沼水晶。她真是好奇心旺盛。

「嗯，畢竟泡在沼澤內，聞起來有腥味，不過外觀很漂亮呢。好像沒有吸收泥沙等物質。不過要直接咬棲息在沼澤中的這東西……讓人有些猶豫……我想以流動的水清洗乾淨。」

她還具備這方面的常識啊。

「這種狀態下食用肯定會吃壞肚子。搬到乾淨的河川吧。不過這能搬運嗎……該不會一抱起來，就像拔掉塞子一樣水分跑光光吧。

總覺得這是相當脆弱的生物。

「不確定呢，試著抱起一隻吧。一隻或許還搬得動。」

哈爾卡拉彎腰，雙手放在其中一隻沼水晶上頭。站在旁觀者的角度，似乎重到搬不動……

可是下一瞬間，發生了奇怪的事。

只見哈爾卡拉的手逐漸陷入沼水晶內！

「哇！陷進去了！」
哈爾卡拉悠哉地喊。
「太柔軟了嗎～既然無法徒手搬運，乾脆拖進箱子之類吧。
我的想法有點失準。
因為我以為哈爾卡拉傷到了沼水晶。
只見她對我露出有些焦急的表情。
「我……我的手拔不出來！不如說，它正在拉扯我！而且力量很強……」
「咦!?難道哈爾卡拉遭到了沼水晶的攻擊!?」
「我不知道是不是攻擊，但是我受到它的拉扯！」
哈爾卡拉繼續被拉扯進沼水晶內……
最後變成只剩下臉還露在沼水晶外頭。
外觀像是身體塞進氣球內的雜耍藝人，但是情況可能更嚴重。
「怎、怎麼會這樣！到底發生了什麼事！
這種生物該不會想溶掉我吧……？」
「不好了，亞梓莎大人！快幫助哈爾卡拉小姐吧！」

「沒錯，萊卡！不過直接攻擊我不放心，要是有武器就好了……」
憑我和萊卡的力量應該能一擊打倒，但很難說不會同樣遭到吸收。
畢竟這是神祕生物，我完全不了解它的性質。
「知道了！吾人去拿木棒來！」
萊卡前去攀折生長在附近的樹枝。
這段期間內，我要求裘雅莉娜小姐說明情況。
「我想問一下，哈爾卡拉她沒事吧？我沒想過沼水晶這麼凶惡……」
裘雅莉娜小姐依然杵在原地。
不過就算面前發生重大慘劇，她多半也會冷眼旁觀，實在無法放心。
「放心，她沒有生命危險。沼水晶沒辦法吸收人類的所有養分。」
她說出我想聽到的答案。
「真的吧？我相信妳喔！絕對不准來『其實是騙妳的』這一套喔！」
「進入沼澤有遭到沼水晶吸收而溺死的可能性，不過在地面上不用擔心。據說世界上有一部分無底沼澤傳說就是沼水晶搞得鬼。水母母母。」
怎麼不早點告訴我啊。
「師傅大人，其實一點也不痛，也沒有感到身體衰弱～！」
哈爾卡拉本人也證實安全。

「太好了。那應該可以順利救妳出來。」
「嗯，頂多身體癢癢的，沒什麼大不了。雖然幾乎無法動彈，但我會靜待救援！」
光是動彈不得也是個問題，但如果沒有生命危險就算了。
就在萊卡捧著粗木棒回來的同時——
「哈爾卡拉小姐，吾人馬上來救您！只要將樹枝戳進這種生物——」
砰——！結果哈爾卡拉被沼水晶吐出來。
不確定『吐出來』這個形容詞對不對，但是哈爾卡拉從沼水晶的體內被彈出來。
好像黑鬍子大叔從木桶中彈出來的玩具，幾乎朝正上方飛起，然後落地。
「噢，出來了——啊！萊卡，手中的木棒快停下來！應該說妳會打死哈爾卡拉的！」
木棒差一點直擊哈爾卡拉的天靈蓋，還好萊卡緊急收手。
「您沒事真的太好了，哈爾卡拉小姐。」
「得救了！我還以為溶解液只會溶解衣服呢！」
她在奇怪的地方感受到具體的危機意識。
「平安脫困了！不過我確實感受到萊卡小姐想救我的心情！」
哈爾卡拉緊緊摟住萊卡。嗯，只要結局ＯＫ就萬事大吉。
「幫助家人是理所當然的。不過……哈爾卡拉小姐……」

萊卡露出自豪的表情後，表情有些微妙地轉過頭去。

「您的身體有些黏黏滑滑的……」

「是嗎……？因為剛才浸在沼水晶內吧？」

幸好她沒摟住我……

◇

我們帶幾隻沼水晶回家當成樣本，保管在高原之家的後方。

裝在箱子內，然後在裡面注水。

由哈爾卡拉全權決定該怎麼處理。

可是到了晚餐時間，卻發生怪事。

哈爾卡拉沒來吃飯。

真是奇怪。我剛才的確看見她回到自己房間……

該不會毒性後來才發作，導致暈倒吧……

我急忙打開哈爾卡拉的房間門。

「哈爾卡拉，妳還好吧!?」

「嗯，我沒事。」

她的確沒有難受的跡象。應該沒有水母的毒性之類，但她卻顯得不太自然。

不知為何，哈爾卡拉像打坐一樣盤腿，雙手在丹田交叉。

而且她還閉著眼睛，這真的不是在打坐嗎……？

可是這個世界有需要打坐的宗教嗎……既然人類的身體構造相同，有人開始採用這種坐姿也不稀奇。

「哈爾卡拉，晚餐準備好了。話說妳在做什麼？」

「我正在為了悟道而修行。」

哈爾卡拉聲音沉著地開口。

若是平時的哈爾卡拉，還可以認為她多半在開玩笑。可是現在的她看起來很認真。

「問題是妳以前從未修行過吧。究竟吹的是什麼風？難道受了什麼商業書籍影響，認為經營者應該自我感覺良好？」

就像賺大錢的人突然要搞環保之類嗎。

「沒有原因，不如說根本不需要原因。人應該從想要的那一刻就開始修行。所謂修行，不需要等到準備就緒後才開始。」

這番話真是自我感覺良好……

「師傅大人要不要也一起來？」

哈爾卡拉睜開閉著的眼睛。

她的眼神竟然閃閃發光！

這是怎麼回事？她整個人都變了耶！

「這個世界有太多醜陋的事物。可是隨波逐流終究會一事無成。暫時讓內心冷靜下來，不就能看見這個世界的真實面貌了嗎？」

聽起來似乎很有道理，但可能是她平時的耍寶形象，我覺得超級可疑。

「哈爾卡拉，妳是不是偷吃了什麼毒蘑菇？與其說內心受到影響，我總覺得妳遇上了什麼麻煩。」

提到哈爾卡拉，首先懷疑毒蘑菇。

「我沒有吃那種東西。即使與全世界為敵也是真的。我沒有說謊。」

別為了這點小事與全世界敵對啦。

「雖然知道不是毒蘑菇害的，但總有個契機吧，告訴我。如果始終不明原因，某種程度上比毒蘑菇更可怕……」

「契機——亦即想以悟道為目標的機緣吧。」

不要每個詞都換句話說。而且肯定不是這個意思。

哈爾卡拉似乎在思索。考慮到哈爾卡拉的演技很差，應該視為她是認真的。

「我想想，應該是身體被吸入沼水晶的時候吧。感覺彷彿對俗世的執著緩緩溶入沼水晶的體內。脫離沼水晶的時候，我有種脫胎換骨的感受。」

「就是這個！」

幾乎確定是沼水晶所致。這麼短的時間發生的變化，肯定是這件事。而且被吸進去的只有哈爾卡拉一人，也難怪只有哈爾卡拉不對勁。

裘雅莉娜小姐說過，即使被沼水晶吸進去，既沒有生命危險，體力也不會被吸走。

這應該是事實。

可是該不會吸走了「內心汙濁的部分」吧？

哈爾卡拉變清淨了

She continued destroy slime for 300 years

沼水晶是棲息在沼澤中的生物。既可以說它十分強韌，在汙濁的場所也能生存，同樣也能認為它從汙濁之處獲得養分。

因為池水汙濁，代表各種東西都沉在水裡。其中肯定有成分能當作養分。

換句話說，沼水晶是從汙濁部分吸收養分的生物——

可能連哈爾卡拉「內心汙濁的部分」都照吃不誤。

即使懷疑這種東西是否能當養分，可是這個世界連妖精都見怪不怪。肯定有生物能將汙濁的內心轉化為養分。

雖然得想辦法解決，可是晚餐已準備好了，還是吃飯優先。反正哈爾卡拉似乎沒有健康方面的問題。

「哈爾卡拉，晚餐準備好了。中斷修行，來到餐廳吧。」

「能受取布施吧。那我就滿懷喜悅地接受吧。」

果然很可疑……實在可疑到不行。

好不容易帶哈爾卡拉上了餐桌。
另外連走在走廊上，哈爾卡拉的手都擺出奇怪的姿勢。
「各位，我們要感謝大自然讓我們得以生存，同時享用食物。感謝蔬菜，感謝肉類。」
哈爾卡拉對每一道菜的盤子雙手合十。
「哈爾卡拉秀逗了。肯定是毒蘑菇害的。」
芙拉托緹立刻斷定她腦袋出問題。
不過芙拉托緹以前同樣在狂噴寒冷吐息後也變成乖孩子，所以沒什麼資格說別人。
話說當時文靜的芙拉托緹，和現在的哈爾卡拉又是兩回事。
「聽我說，大家，哈爾卡拉被沼水晶吸進去，結果內心好像變清淨了……」
我簡單說明沼水晶的事。
「原來是這樣。冷靜得的確不像平時的哈爾卡拉小姐呢。」
萊卡似乎略微肯定目前的狀態。
「是的，我已經做好在石頭上持續打坐三年的心理準備。」
「算了，沒差……大家吃飯吧……之後再透過悠芙芙媽媽，問問裘雅莉娜小姐有沒有治療方法（？）。」

她並非在沼水晶內浸泡數小時，應該不至於連人格都徹底變樣。
——結果原本坐著的哈爾卡拉突然站起來。
這次又怎麼了？
「天啊！羅莎莉小姐，才剛從憎恨中解放，卻依然遊蕩在這個世界上呢！」
哈爾卡拉抬頭望向飄浮在天花板附近的羅莎莉。
「咦？哈爾卡拉大姊，到底怎麼了？」
「我來送妳上天堂吧。**朱蓋姆・朱蓋姆・哥可諾斯・利奇雷**。」
她開始詠唱奇妙的咒語……
「咕、咕哇！好、好難受……胸口勒得好緊……」
結果羅莎莉開始掙扎！
「喂喂喂！別鬧了，哈爾卡拉！快造成無法挽回的傷害了！」
「幽靈不應該存在於這個世界。雖然我還在修行，但是超度幽靈至該去的場所也是我的責任。」
「不用超度沒關係！拜託快住手！別再念那咒語了！」
我從後方摀住哈爾卡拉的嘴，好不容易才阻止她。
咒語結束後，痛苦不堪的羅莎莉才恢復呼吸（以呼吸形容幽靈容易讓人誤會）。
「呼……差點以為死定了。」

連羅莎莉都用這種讓人誤會的表現……

「剛才看到了一些光芒，彷彿大白天一樣明亮的世界。那就是天堂嗎？」

「這麼容易就升天了啊！」

以後對待羅莎莉還是小心一點……畢竟她已經解脫了大半類似憎恨的情緒……

好，那就繼續吃飯吧。

「天、天啊！師傅大人，這樣不行！」

結果哈爾卡拉又嚷嚷。

這次到底是怎麼回事!?

「這隻刀子竟然是金屬製的!?」

哈爾卡拉面前放置木製湯匙與金屬刀子。

「嗯，對啊，怎麼了？」

「金屬！天啊！它是誘惑無數人，讓人更加迷惘的可怕貨幣所用的材質！貨幣這種可怕的發明造成人與人之間數不盡的背叛！」

她又開始胡說八道了！

「只不過鑄造成圓形的金屬，許多人為了收集而誤解了生活的意義。金錢不論增加多少，終究只是金屬而已。這樣無法買到內心的安寧，靠『營養酒』不會讓內心變得富足！」

她居然開始抹黑自家產品！

「就算金錢增加而放心，又會開始疑神疑鬼，擔心被人搶走。要是金錢減少了，反而會嫉妒錢多的人。真是太可悲了……」

這種論述不能說錯，可是現在的哈爾卡拉未免太極端了。

「我當社長這麼酒，也在賺錢上花了許多時間。一切都是白費力氣……我應該早一點悟道才對……神啊，請原諒我……」

她開始反省自己的過去。感覺比我想像中更激進。

「哈爾卡拉，金錢也有好的一面啊。」

「沒有的事。」

她果決地否定。

「妳要這麼想就算了，吃飯吧。」

「不，我不能拿金屬製的刀子！否則手會爛掉！」

「又不是受詛咒的道具！」

唔……變得有點極端了……

「哈爾卡拉，沒錢就買不了任何東西，也沒辦法吃飯喔。所以金錢是必要的。」

「我想不花錢活下去。具體做法就是靠店家的試吃填飽肚子。」

「好髒的手段！會造成店家的麻煩！」

至少也該說吃自己種植的蔬菜吧。

「那麼……不用刀子也無妨，總之快吃吧。反正也有用手吃飯的文化區。」

「我知道了。那我就用手吃飯！」

哈爾卡拉將手伸進湯內。

「好燙！手爛掉了啦！」

「誰叫妳將手伸進還沒涼的湯！」

而且湯匙是木製的，可以使用吧。

「修行還不夠呢。手伸進熱湯結果燙傷了。這代表我尚未接近悟道。」

難道悟道之後，碰到熱湯都不會燙傷嗎？

「真笨。誰叫她不用寒冷吐息讓湯變涼再喝。」

這種方法只有芙拉托緹能用，但是吹涼再喝這句話沒說錯。

之後哈爾卡拉跟著正常的用餐——結果我太天真了。她又宣稱「我不能吃肉」，接連惹出麻煩。妳剛剛不是才說「感謝肉類」而且還吃過嗎！我反倒覺得影響愈來愈強烈了……

「媽媽，哈爾卡拉小姐好詭異喔……」

用餐完畢後，法露法老實地告訴我。再這樣下去可不行呢。

「知道了。我會想辦法處理，等我喔。」

◇

我帶哈爾卡拉去找悠芙芙媽媽。

再度拜託悠芙芙媽媽幫忙找裘雅莉娜小姐。

只見她一臉愛睏，與悠芙芙媽媽一起從隔壁房間出現。剛才她可能已經就寢了。

「什麼事啊，好睏睏睏……」

她說著像是還沒睡醒的嘟囔！

「哈爾卡拉被沼水晶吸進去之後就個性大變，妳知道怎麼復原嗎？」

裘雅莉娜小姐沉默了一段時間。

我希望她能早點告訴我，可是太催促她也不好。就等待她吧。

然後她從行李中取出一幅畫。

「請看看這幅畫。」

這幅畫相當邪惡。許多人一臉開心地朝抱著頭的人猛丟石頭。話說她畫的話好像愈來愈黑暗了……

「看了，可是妳想說什麼……？」

「人類的愚蠢，不，生物的愚蠢是沒有底限的。就像很深，很深的沼澤。自從我誕生的七萬年前以來始終沒變。沼水晶吸收的愚蠢也少得微不足道，在誤差範圍內。」

噢，她為了講這番話才拿出畫嗎。

「話說有沒有恢復原狀的方法？」

「…………從胃裡取出吃下肚子的東西會變成什麼？」

「我知道，是噁心的嘔吐物。」

帶來的哈爾卡拉立刻回答。因為她經常喝太多而嘔吐……

「就是這個意思。一旦被沼水晶吸收的部分是無法復原的。水母母母。」

難道哈爾卡拉會一直維持這樣嗎……？這可傷腦筋了……

「裘雅莉娜小姐，我可以跟妳一起踏上流浪之旅嗎？我想見識更加寬廣的世界！想見識在精靈森林中被樹木擋住，原本看不見的事物！解脫！」

哈爾卡拉又開始胡說八道了！

「這樣很煩，請不要跟著我。」

結果立刻遭到拒絕。

裘雅莉娜小姐沒理會哈爾卡拉，來到我面前。

「不用那麼煩惱。區區水母不可能吸盡人類的所有愚蠢。水母終究只是水母。」

「水母妖精可以說這麼多水母的壞話嗎……？」

「不如說反而強調了人類的愚蠢，所以是人類的錯。」

啊，意思是沒關係嗎。雖然水母也不過是他人口中的稱呼。

但我現在知道她其實在幫助我。她似乎想表達這件事會隨著時間經過而解決。

「只不過……其實我有一件事情瞞著妳。」

裘雅莉娜小姐低下頭去。拜託，我可不想聽到這種不吉利的話！

「沼水晶與水母是完全不同的動物……只是經常被誤會是水母，我才會順便管理。」

「妖精的管理方式真是粗糙耶！」

「其實沼水晶也只是一種小蟲，同樣沒必要害怕。反正也比不上人類的愚蠢，水母母母……」

說完裘雅莉娜小姐就此離去。

她好像說了很深的道理，可是完全沒有解決問題。

「沒錯。不論過了多少時間，能達到悟道境界的人依然屈指可數。但是，首先發現自己的愚蠢，這一步很重要。」

哈爾卡拉拍了拍我的肩膀。

「看來我們終於可以開始了呢。」

然後她露出開朗的笑容。

「明明是要治療妳的，結果卻受到妳的安慰，我不能接受！」

我嘆了一口氣。

「果然只能耐心等待復原嗎……」

似乎對生活沒有障礙，要等是可以等，可是每天都過得坐立難安……

「沒關係嘛，亞梓莎，打起精神來。裘雅莉娜的意思似乎是很快就會解決了。」

連悠芙芙媽媽都安慰我。

「嗯，但是以裘雅莉娜小姐的時間感而言，可能連幾百年都算『很快』吧……」

因為她好像從七萬年前就存在了……

「好像是這樣呢～有可能喔～」

哈爾卡拉要是維持這樣三百年，我大概也會瘋掉……

◇

隔天又出現了新的問題。

「哈爾卡拉小姐，再不出門就要遲到囉！」

「我不要賺錢！擔任企業的社長是離悟道最遠的方式！」

哈爾卡拉居然拒絕前往工廠上班。即使萊卡提醒她該出發，她也充耳不聞，手扠胸前一屁股坐著。

「萊卡，先聯絡職員，通知他們社長今天休假。即使少了社長，工廠應該也能照常運作。平時的哈爾卡拉應該已經巧妙安排過了。」

「也對……這種狀態下就算上班，公司也只會更加混亂。」

嗯，我真的這麼想。

現在的哈爾卡拉如果到公司，叫職員不用工作，要解雇所有人的話，事情就麻煩了。這樣的話還不如別上班。

——這時候，哈爾卡拉捧著厚重的資料前來。

似乎是與公司相關的文件。

難道她恢復正常了？想到哈爾卡拉製藥，以前的價值觀復活了嗎？

「我不應該擁有這種公司！我要轉讓給他人！」

眼看她要丟掉文件，我急忙阻止她。

「出手不可以這麼闊綽！不可以送給別人！」

在她恢復正常之前，可不能讓她接觸公司業務……

「但人類誕生的時候可是身無分文。並非緊緊握著貨幣出生在世界上。結果不知不覺中學到了多餘的事物，想將各種東西據為己有。擁有一間公司的生存方式，距離悟道實在太遙遠了。」

這樣下去根本沒完沒了。

這時候，我偶然想起一件事。
與其煩惱，不如嘗試一種方法。

「喝！聽話！」

我放聲大吼。
哈爾卡拉頓時立正站好。

「聽師傅的話，哈爾卡拉！現在的妳急於拋棄自己所有的事物。這難道不正是對自己的執著嗎？」

「您說得沒錯，師傅大人！」
果然沒錯。我猜想搬出師傅的頭銜，她應該會聽話，結果成功了。
可是總覺得師傅的意思有點跑偏……
我應該是草藥方面的師傅耶。
「對了，禪語也說『主人端茶就喝茶』，順其自然地活著也很重要。另外有一句禪語是『春來草自生』。」

我不知道有沒有這些話，但她似乎接受了，其實無妨。

不過哈爾卡拉光是待在家裡就怪怪的……

實際上，羅莎莉就對哈爾卡拉敬而遠之。

「要是太接近哈爾卡拉大姊，就覺得內心一股溫暖，彷彿要往生極樂……」

她似乎在散發類似聖人威能的能量……

「那麼我要回自己房間修行了。有句禪語說『東西南北通活路』。只要有心，無處不是道路，在任何地方都能悟道。還有一句禪語是『花若盛開蝶自來』。」

三不五時就要秀一句禪語，聽得讓人火大。

等哈爾卡拉回到房間，萊卡通知工廠她今天請假，回到家之後——

我們便召開家族會議。桑朵菈可能鑽進附近的土壤中，我沒發現她，所以算做缺席。

「呃……誰有意見嗎……」

夏露夏舉起手。

「現在哈爾卡拉小姐說的話，是以前大名鼎鼎的修行者說過的。具備簡樸寬恕又和敬清寂的品行。」

「啊，原來真的有這些禪語啊……雖然不太明白是哪種心境，但多半屬於穩重吧。」

可是我現在不需要這些資訊。

「用衝擊療法，稍微將她懸空掛在谷底一段時間即可。」

芙拉托提出激進的意見。

「芙拉托緹妳又口不擇言。這樣很不好。」

萊卡責備她。

「可是她現在只是假裝自己朝悟道邁進啊。這種假象一下子就能揭開。將她吊在谷底，她就會怕得不敢再說什麼悟道，恢復原狀了。」

「啊……聽妳這麼說，說不定很有效……」

俗話說，面臨生死關頭時會露出人類的本性。待在安全的家裡，要怎麼偽裝自己都行，或許是事實。

「將哈爾卡拉小姐吊起來，這樣好可憐喔……她又沒有做什麼壞事。」

內心溫柔的法露法表示擔憂。

「對啊……她畢竟不是什麼大壞蛋……」

芙拉托緹個性大變的時候也一樣。若從不同角度來看，也可以說哈爾卡拉變成了真正的好人。

用這種幾近威脅的方式逼她復原，不是很奇怪嗎。

「可是再那樣下去感覺好噁心。那已經變成別人了……」

芙拉托緹這番話也有道理。我也希望她能復原。

有沒有什麼溫和的方法，能讓哈爾卡拉變回平常的她呢……

這時候，門打開了。

是桑朵菈。她的身上髒髒的，應該是剛才待在土壤裡。

「欸……能不能想辦法處理裝沼水晶的木箱啊……？散發出與人類不一樣的氣息，感覺好詭異……」

植物跑來抗議了。

沒錯，我沒有將沼水晶放回沼澤，而是帶回幾隻後一直放置。因為帶回來的哈爾卡拉本人個性產生變化，才一直無暇顧及。

可是多虧桑朵菈這句話，我們才能回歸原點。

「對啊！沼水晶！」

解決問題的關鍵就是它嘛。因為一切皆從沼水晶而起。

既然要使用沼水晶，首先嘗試那種方法吧。

「讓哈爾卡拉吃下沼水晶吧。」

這個方法有嘗試的價值。

「那隻沼水晶吸收了哈爾卡拉內心的汙濁（？）部分。那麼讓她吃下去，不就再次復原了嘛……？」

雖然不確定有沒有這麼單純——

「還有，說要吃沼水晶的人是哈爾卡拉，應該讓她好好嘗一嘗。」

一直在該處保存沼水晶，桑朵菈也會抗議。

大家都點點頭。

代表全員一致通過吧。

話說……哈爾卡拉本人不在場，她還沒同意要吃……不過當初說要吃的人是她，只要用抓住這一點，應該能強迫她答應。

性急的芙拉托緹立刻前往哈爾卡拉的房間，然後返回。

「她說願意。因為那不是肉，聽說不牴觸戒律。」

大概沒有宗教會規定那種特殊生物究竟合不合規……

不過還有別的問題。

「請問……沼水晶該如何烹調呢？」

萊卡這麼說。

「真的耶……」

我甚至無法想像烹調過程。

「先去看看現有的沼水晶吧。」

或許能產生某些靈感。我希望能夠想到靈感。

我們來到外頭，前往保管沼水晶之處。

房子後方放置著巨大箱子，裡面裝滿了水。

「沼水晶就在裡面。」

其實要是有透明水槽就好了，可是沒有也沒辦法，才用箱子代替。另外家裡沒有箱子，也沒有哪裡在賣，所以拜託萊卡製作。

「主人，為何要泡在水中？」

芙拉托緹問我。

「就像貝類需要吐沙，得讓沼澤水替換成乾淨的水。」

如果在吸收大量沼澤水的狀態下食用，多半會吃壞肚子。

其實就算飼養在乾淨的水質內，我也不太想食用。如果沼水晶本身有毒，可能無論如何都會吃壞肚子……

「那就確認裡面的情況吧。」

然後萊卡拔出箱子正中央的栓子。

只見水噗嘟噗嘟地流出。

「真不希望這些水流入土壤中……這是虐待植物。」

雖然桑朵菈抱怨，但這裡是房屋後方，就忍一忍吧。

接著萊卡拆下一塊箱子的木板。這箱子設計得真方便，萊卡是大小姐，手藝卻也靈巧。

然後好一陣子沒有親眼目睹沼水晶——

「這……比想像中還要小呢。」

似乎連萊卡都吃了一驚。每一顆沼水晶都大幅縮水，頂多就像一顆大號哈密瓜。

「如果縮成這麼小，應該不會被吸進去，但我還是有點怕。」

我隨手拔起附近的草，戳了戳一顆沼水晶。

沒什麼反應。

「我猜是因為縮水，導致它的內部變成了實心狀態，就算有人類碰到也無法吸收吧。」

目前還沒有確實證據，但我只能代表家人碰觸它了。就算它要吸收我，我應該也能抵抗。

不過我還是怕怕的，所以我輕輕以食指戳了一下。

Q彈，Q彈。

「好像橡皮球呢。好，試試看吧。」
我以雙手捧起一顆沼水晶。
「很好！無害！沒問題了！」
「還會反射光芒，好漂亮呢！」
「就像寶石一樣。原來沼水晶正如其名呢。」
法露法和夏露夏十分開心。沼水晶現在看起來的確閃閃發光，十分漂亮。
可是親手捧起來後，比起像寶石，我倒是想起其他東西。
我輕輕朝地面拍打沼水晶。
砰——！
結果傳來好玩的聲音，沼水晶回到我的手邊高度。
「果然是顆球……可以打躲避球呢……」
之後法露法與夏露夏真的拿起沼水晶玩拋球。
「嘿喲~夏露夏，要拋囉！」
「以肚子穩穩地擋住力道，然後以雙手包住球的姿勢，就能確實接住球。」
嘴上明明這麼說，夏露夏還是沒接到。
「姊姊投的球太強力了。投給妹妹的球不該這麼用力。」
「如果力道太輕，不是會說明明是雙胞胎，卻當成小孩子看待嗎。夏露夏，不可以詭辯喔。」

法露法似乎連這一點都看穿了。

在意想不到的地方獲得了玩具。真是塞翁失馬，焉知非福……

◇

至於我呢，則將沼水晶捧進廚房。

充當助手的萊卡也穿上圍裙在一旁待命。

「那麼，現在就來烹調沼水晶吧。不過呢……到底該怎麼吃？」

「亞梓莎大人，先試著切成兩半吧。可能像部分水果一樣，只有表面是硬的。」

「知道了，就依照妳的提議吧。」

我謹慎地以菜刀切成兩半。

一如萊卡所說，內部比外側更加柔軟，但依然彈性適中。

老實說，光看外表就是果凍。

如果突然看到這玩意，或許會覺得美味。

「只要不是肉類，現在的哈爾卡拉應該都會毫不猶豫地食用。但還是加熱過比較好吧？」

「也對……即使已經浸泡在乾淨的水中，還是應該煮熟。」

我拿出鍋子。

「呃……既然要煮，要不要用平時沒在使用的鍋子呢……？」

萊卡出於心理因素，不願意用同一個鍋子烹調！老實說，我也同意。

「知道了，就用預備的鍋子吧……」

我將切成細絲的沼水晶放進預備的鍋子內，以火加熱。

可能由於水分進一步減少，從果凍變成像更有彈力的洋菜凍一般。

話說洋菜凍是怎麼製作的？記得原料是海藻吧。

「光看外表好像很美味呢。」

萊卡似乎也對外表給予很高的評價。

「那麼萊卡，妳也要嚐嚐看嗎？」

我和萊卡互望彼此。

然後萊卡搖了搖頭。

「不用了！」

「也對……」

一般而言，要食用不能吃的東西，需要敢勇闖不知名地下城的勇氣。

以冒險而言，兩者的難度幾乎是相等的。

接下來我開始正式烹調。

加熱沼水晶之後放涼，然後再切成細長條，最後切成骰子形。

接著裝在玻璃容器內，添加甜糖漿，再放上水果。

還加了「食用史萊姆」專用的豆沙餡。

現在的哈爾卡拉不肯碰金屬湯匙，所以我插上一支木製湯匙——

「好，『沼水晶豆沙涼粉』完成了！」

「豆沙涼粉嗎？雖然沒聽過，不過（看起來）很美味呢。」

「對吧，（看起來）很美味吧。」

第一眼的印象只是普通的豆沙涼粉。完全沒有證據顯示材料是沼水晶。

另外試吃就免了。

反正一定吃不出沼水晶本身的味道……肯定像洋菜凍一樣……所以可以不用試吃對不對……

「好，烹調完成。接著做好吃完後的準備吧。」

萊卡露出疑惑的表情，於是我回答她。

「就是先準備一些胃腸藥……」

終於到了找哈爾卡拉來，讓她品嘗沼水晶料理的時間。

「來，這是為了妳而製作的。嘗嘗看吧。」

我完全沒有說謊，這毫無疑問是為了哈爾卡拉製作的。問題在於不知道好不好吃。

「哦！這不是非常涼爽的甜品嗎。這些方塊就像徹底悟道的內心一樣透明呢，看起來相當吉利。」

用沼水晶當作比喻，似乎對真正悟道的人不太禮貌。

哈爾卡拉現在的眼神，閃亮得就像我上輩子大約兩個世代之前的少女漫畫角色。

我沒有要求她平時露出死魚眼，可是日常生活露出如此純真的表情，實在很煩……講話太正能量的人反而看起來很詭異，大概類似這種情況。

「來，儘管吃吧。不過如果覺得身體不適，或是味道有問題的話就必須中止。」

「別擔心，大自然的恩惠怎麼可能對身體不好。連毒蘑菇都能靠愛與勇氣使毒性失效！」

雖然這番話可疑到極點，但是現在的哈爾卡拉秀逗秀逗，我並未糾正。

哈爾卡拉以木製湯匙舀起一塊方形的沼水晶，毫不猶豫送入口中。

她終於吃下去了……

我們全家都仔細注視著她。

然後哈爾卡拉對我雙手合十。

「非常好吃。能讓修行中的我享用如此美味的料理，祝亞梓莎小姐獲得幸福。」
「噢、呃……嗯……謝謝妳。」
從她的反應來看，「好哈爾卡拉」（別名「詭異的哈爾卡拉」）狀態尚未解除。
不過剛入口就產生影響反而奇怪，目前還不確定。
「這些透明的東西沒有味道，不過加了甘甜的糖蜜後，形成絕妙的滋味。很適合在炎熱的夏季消暑用。」
似乎是一道成功的豆沙涼粉。
如果沼水晶完全無害，該不會能當成洋菜凍販售吧……？
我實在不太想吃，但還是向別西卜提議看看。魔族可能接受度比較高，不會抗拒。
之後只見哈爾卡拉繼續美味地享用豆沙涼粉。
「媽媽，夏露夏也想嘗嘗看……」
連夏露夏都快輸給彷彿能與美味媲美的誘惑。
站在製作者的立場值得高興，可是我很猶豫該不該讓她食用！
「夏露夏……要吃得等哈爾卡拉的健康確定沒出問題再說……」
但是真的不知道是幸運還是不幸，哈爾卡拉並未肚子痛，個性也沒有恢復原狀，吃完了豆沙涼粉。

她再度對我雙手合十。我感覺自己好像地藏菩薩。

「感謝招待。做為微薄的謝禮，我詠唱自己獨創的咒語吧。」

「噢，不用了。」

獨創的咒語多半不會有什麼好處。

沼水晶吃了也無害啊。知道這一點是好事，但難道無法讓哈爾卡拉復原嗎。

汙濁的成分該不會在浸泡乾淨清水的時候滲出來了吧？難道必須讓她食用棲息在汙濁水質內的沼水晶才行？

不過事情突然不對勁。

「嗚！咕哇！嗚嘎！」

哈爾卡拉居然摀住胸口，露出痛苦的模樣！

「哈爾卡拉！沼水晶可能有毒！快點到廁所全部吐出來！」

「不，不是的，師傅大人……這不是身體上的毒性！」

雖然她露出相當難受的表情，但是現在的哈爾卡拉應該不會說謊。她可能會宣稱說謊是可怕的罪惡。

「惡魔來了，試圖引誘我遠離修行！僅止於此！」

真是受不了！她老是反覆說出奇怪的話，我實在不知道該信哪一句！

「可惡！我才不會走向這麼馬虎的道路！給我安靜！滾出去！**翁達巴達巴·哈魯**

安特・庫啊！翁達巴達巴・哈魯安特・庫啊！」

她又在詠唱神祕咒語！到底從哪裡學到這些咒語知識的啊？

然後——

哈爾卡拉低下頭去，一動也不動。

只見她也不再念出神祕咒語，房間籠罩在寂靜中。

看起來似乎專注凝視餐桌。

平息了嗎？既然平息，代表可以高興了嗎？

哈爾卡拉緩緩抬頭。

表情不是眼睛炯炯有神的她。

而是一如往常，有點迷糊的表情。

「哎呀～讓各位擔心了呢～」

她抓了抓頭。已經絲毫沒有任何異樣。

「哈爾卡拉，妳恢復了嗎!?太好了！」

我緊緊摟住哈爾卡拉。讓她食用沼水晶的計畫成功了！

「別這樣了，師傅大人～很難為情呢。」

「有什麼關係。這種時候就該特別一下。」

「————師傅大人的愛情。嗯，值五萬戈爾德吧。」

哈爾卡拉嘴裡嘀咕奇怪的話，於是我暫時放開她。

「咦？什麼意思？」

「就是這個意思。這張桌子值十五萬戈爾德，這個玻璃製容器很珍貴，二十五萬戈爾德，這支湯匙三百戈爾德。這間房子的總資產大約八千萬戈爾德吧。」

她居然開始一一明碼標價！

「呃，哈爾卡拉，直接說什麼東西值多少錢，這樣很沒禮貌喔。」

結果她端詳我的臉，露出錯愕的表情。

「抱怨值零戈爾德呢。」

搞半天她又變了個人！

「師傅大人，這個世界上錢最重要！錢就是一切！我終於發現這個理所當然的真理了！嘻嘻嘻嘻嘻！」

她的笑聲好噁心！

「哎呀～好像發生了許多事情，但果然沒有任何事物比得上金錢方便又完美。畢竟什麼愛情根本無法計算。以這些東西為思考基準，實在是太蠢了。還會因此誤入歧途。只要以能衡量的金錢為標準，當作人生的指南針，這樣才能獲得幸福。」

完全變成了另一個極端！

「各位，相信金錢吧！金錢不會背叛自己！只有金錢不會背叛！嘻嘻嘻嘻嘻！」

哈爾卡拉非常誇張地仰天長笑。結果好詭異！

只見她的身體發揮驚人柔軟性後仰，然後直接仰成背橋姿勢。

「媽媽！哈爾卡拉小姐好可怕喔！」

法露法又嚇得瑟瑟發抖！我也嚇得皮皮挫啊！

我溫柔地摟住法露法。

「別擔心，法露法……其實不可怕……不對，雖然很可怕，但是沒什麼害處……等等，可能有害吧……」

她如果一直用這種方式講話，會有點麻煩。

「好，來做放高利貸的錢莊生意吧！」

「哈爾卡拉，快點清醒！妳吃太多沼水晶了嗎？」

「師傅大人，我很清醒喔。因為我以金錢為基準，才能客觀又正直。嘻嘻嘻嘻嘻！」

「不要再那樣笑了。」

笑得比我還像魔女耶。

「對了，等我賺到許多錢，就聚集還不了錢而負債累累的人，叫他們玩各種遊戲吧。嘻嘻嘻嘻嘻嘻嘻！」

她居然說出非常邪惡的話！

「這真是好點子。為了避免參賽者逃跑，讓他們乘坐利維坦，然後逼他們玩可以擺脫負債，扭轉人生劣勢的遊戲吧。愚蠢的人類一定會參加！嘻嘻嘻嘻嘻嘻！」

而且還毫不在乎地想拖魔族下水。

「媽媽，有沒有能讓哈爾卡拉小姐適度恢復的毒蘑菇呢……？」

「法露法，不可以太隨意動用毒蘑菇喔。」

呃，其實我非常了解她想改善現狀的想法。

這次哈爾卡拉走向廚房。

然後緊緊握住菜刀。

拜託，她要是揮舞的話，可不是鬧著玩的！

不過她以雙手捧著菜刀，看起來不像要當成武器。

「亞梓莎大人，她這次又想做什麼呢？」

萊卡也嚇得不得了。即使是龍族也會怕這種怪人呢……

「不知道……已經超越我們想像的範圍了……」

凝視著菜刀的哈爾卡拉，眼神恍惚無神。

「啊，金屬大人，金屬大人。多虧有您，我才能免於迷失人生。感謝您，感謝您……」

「不要崇拜金屬本身！」

「多虧金屬大人，我才能獲得各式各樣的事物。沒錯，包括人心……」

「人心是得不到的吧！」

哈爾卡拉看了我一眼，

「呵。」

哼笑了一聲。

看得我特別火大。

「師傅大人，當然買得到。我就買過好幾次了。如果懷疑的話，到外頭讓蚱蜢看見錢，試著跟蚱蜢說給你錢，快點跳。它就會跳給您看。」

「那只是基於習性而跳躍吧。」

「大姊，代誌大條了……連我都起雞皮疙瘩了……」

從天花板冒出來的羅莎莉都嚇得退避三舍。原來連幽靈也會害怕啊。

「明明只有被惡靈附身才會變成這樣，偏偏就是沒有……普通人類竟然能達到這種精神狀態，實在太可怕了……」

「原來連幽靈都會害怕無法以靈體附身解釋的現象！」

表情冷淡的芙拉托緹試著丟一枚硬幣在地上。

她似乎想徹底做實驗。

只見哈爾卡拉蹲下去，小心翼翼地撿起硬幣。

「啊，硬幣，啊，硬幣……」

「哈爾卡拉，妳的人設錯亂了啦！黑心富翁不會為了一枚硬幣而折腰吧！」

芙拉托緹說得很對。

沒錯，剛才那是窮人才有的行徑……

「不！我想要！盡可能多賺！每一枚戈爾德！」

「太小氣巴拉了吧！」

看來沼水晶的影響不論在哪方面都過於極端。

「萊卡，再飛往沼水晶棲息的沼澤吧……」

萊卡也無力地點頭。

「也對……必須得稍微讓沼水晶吸收邪惡的部分才行呢……」

「雖然不知道能不能吸收得剛剛好——」

我看了一眼哈爾卡拉，接著說。

「——可是如果繼續放任她，會累積壓力無處發洩。」

之後哈爾卡拉反覆被沼水晶吸進去，再反過來食用沼水晶。調整了兩天好不容易才恢復正常。

我因此增進了製作豆沙涼粉這一門技術。但是不能讓其他家人食用沼水晶，所以沒什麼意義。

◇

哈爾卡拉向全家人道歉。

「真的給大家添麻煩了……連我自己都害怕，之前怎麼會講那種話……」

「原來沼水晶沒有當成食材使用，是有充分理由的……」

看到哈爾卡拉，學習到凡事極端都不好。

參加旅站接力賽（去程）

早晨我比平時略早起床，於是我決定走出高原之家，在附近散步。

「唔～不論活了幾百年，這裡的早晨都很清爽呢～」

不愧是高原，早晨的氣溫也偏低。

但是不會潮溼，讓人神清氣爽。

這時有人影從彼端跑過來。

是萊卡與芙拉托緹。

從跑步的方式來看，像是慢跑。

「早安，亞梓莎大人。散步嗎？」

「主人，早安！」

兩人開口向我打招呼。她們的臉色都適度地泛紅。

「嗯，早安。一大早就跑步，真是熱心呢。」

「是啊。早上跑步非常舒服。」

She continued
destroy slime for
300 years

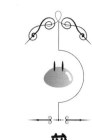

萊卡說的話非常模範生。
「我覺得適度活動身體可以紓解壓力，才會不知不覺中跟著萊卡跑。」
沒什麼原因這一點，的確很有芙拉托緹的作風……
「那就適度地跑吧。不過妳們兩人應該不會跑到身體出狀況。」
「是的，會適度地限制在二十基爾洛左右。」
「果然跑這麼多啊！」
換句話說已經跑了將近二十公里啊。還是以龍族為基準並不多呢。
忽然從空中傳來翅膀拍動般的聲音。
飛龍在空中飛行。牠的脖子上掛著「夜間班次」的牌子。
毫無疑問，有人來到了我家……

回到家一瞧，只見瓦妮雅站在飛龍前方。
「啊，早安。魔王大人有新的提議，所以派遣我來。」
「妳明明會飛，卻騎飛龍前來呢。」
「因為太花時間，以及打瞌睡的話會偏離航道。」
利維坦要是邊航行邊打瞌睡，可能會引發重大意外，拜託千萬不要。
「話說想提議的事情，究竟是什麼呢？」

萊卡詢問。

幾乎同時，瓦妮雅的肚子『咕嚕～』一聲響起。

「不好意思，因為我搭夜間班次前來，可以邊吃早餐邊說嗎？有材料的話，我可以負責製作。」

瓦妮雅的手藝很好，真是太好了。

「嗯，那就來吧，露一手！」

今天輪到哈爾卡拉準備早餐，不過臨時換成瓦妮雅負責。

「有這些調味料，還可以製作沙拉用的醬汁呢～嘿喲，嘿喲。」

從廚房傳來的聲音特別輕快，連一點動靜都可以感受到專家的手藝。

然後，比平時豪華三倍的早餐在餐桌上出現。

連沙拉的裝盤都仿照某種花朵的形象。

「原來這就是早起的鳥兒有蟲吃……」

甚至讓我忍不住說出古早的諺語。

「因為食材有限，只能製作這些普通的餐點。請隨口享用吧。」

法露法與夏露夏立刻將吸收了蛋汁的烤麵包送進嘴裡。

「又甜又鬆軟～好像點心喔～」

「風味絕佳。健康從身體開始。這是生命的活力。」

瓦妮雅的廚藝果然貨真價實。我甚至想認真學習一回呢。

關於她要說的話題——

只見瓦妮雅已經在座位上打盹。

「這麼快就睡著了！」

「呼啊……不好意思，搭夜班車導致睡眠很淺。因為一直吹著風……」

我明白她的感受，可是一直不明來意讓人坐立難安。至少先告訴我一兩句再睡嘛。

「您應該不太清楚魔族的情況，所以我盡可能追本溯源地解釋。在魔族的世界，舊舊舊曆的新年很快就要來了。」

「那只是單純的平日吧……」

「每一年到了舊舊舊曆的新年，都有慣例的活動。叫做旅站接力賽。」

我想到了某件事，所以迅速舉起手。

「什麼事呢，亞梓莎小姐？我還沒說出值得吐槽的事情喔。」

「這只是我的推測，該不會是大學彼此對抗，斜掛著肩帶邊跑步的活動吧？」

從名稱與在新年舉辦這兩點來看，接近日本的驛站接力賽。

驛站接力賽是一種運動，第一天去程從東京出發，跑到江戶時代的關卡所在地箱根。第二天的回程則朝反方向跑，選手競爭名次先後。

瓦妮雅驚訝地睜大眼睛。

「沒錯，沒錯！您竟然知道呢！幾乎答對了喔！」

果然接近啊！

「預賽中獲勝的大學要肩背著厚重的背帶跑步。去程從范澤爾德城出發，行經以前設立過旅站的城鎮，跑到位於溪邊的哭牆關。這道關卡有一座心臟破裂斜坡，所以十分有名喔。回程則朝反方向跑。」

我一直覺得，為什麼會誕生這麼相似的運動……

「以前法露法也在別處看過旅站接力賽喔～魔族居民會來到沿線，幫跑步的選手加油呢～」

法露法很有活力地舉手發言。

「參賽者為一部分魔族大學，但聽說每一年都競爭激烈。夏露夏不是大學生，所以關聯性不高，但倒是可以觀摩一次。」

夏露夏似乎也早就知道。她們應該收過別西卜送的書，從中得知魔族的行事曆吧。

「對啊。觀摩的話倒是很樂意。」

「不，如果是提議您觀摩的話，我就不會特地前來了。我的身分畢竟是魔王大人特使。雖然只是因為認識亞梓莎小姐等人，方便使喚才挑選我……」

咦？她說不是觀摩，該不會……

「魔王大人說，『各位要不要組隊參加旅站接力賽呢？』」

原來提議我們參賽啊！

不過吐槽的卻是我以外的人。

與其說吐槽，更像是覺得不對勁的指證。

夏露夏舉起手來。

「嗯，夏露夏妹妹，有什麼事嗎？」

「能參加旅站接力賽的只有大學生。」

高原之家沒有大學生，因此沒有參賽資格。」

很正確的意見。

我們要是參加大學生的比賽，是滿奇怪的。

「當然，各位原本沒有參賽資格，名額也早就滿了。不過某間通過預賽的大學選手們全都檢測到禁藥，該大學所有人遭到禁賽。」

也太真實了吧！

「當初原本要提拔預賽落敗，成績最好的大學參賽，但該大學的社團已經計畫了預賽遭到淘汰的安慰旅行，聽說沒辦法參加。」

「旅行比參加正式賽程更重要啊！」

看來他們不怎麼在意參加旅站接力賽嘛……

「然後我們也問過同樣落選，成績次好的大學隊伍。結果他們也檢測出禁藥……」

為了勝利也太不擇手段了。

「成績再次一名的大學我們也問過。不過獲得提拔參賽的大學，是在靠近旅站接力賽的時候才檢測到禁藥。因此得到的答覆是很難現在才調整選手體能參賽。不過他們原本就在預賽中落敗，就算參賽也不會有好成績吧。」

我明白這種情況。

優先跑去旅行的大學多半也基於類似的原因。

一旦中斷訓練，再度參賽也只會輸得更難看。

「我明白現在有名額空缺，可是允許與大學無關的團體參賽嗎？從人類的大學募集參賽者比較實際吧。」

別說旅站接力賽的氣氛感，我甚至對驛站接力賽不熟。不過那是大學生參加的比賽，應該有趣又熱血吧。

「沒有問題，請稍等一下。」

翻找了一番後，瓦妮雅取出幾張厚重相近的羊皮紙之類。

「亞梓莎小姐是這一張。來——」

上頭寫著如下內容：

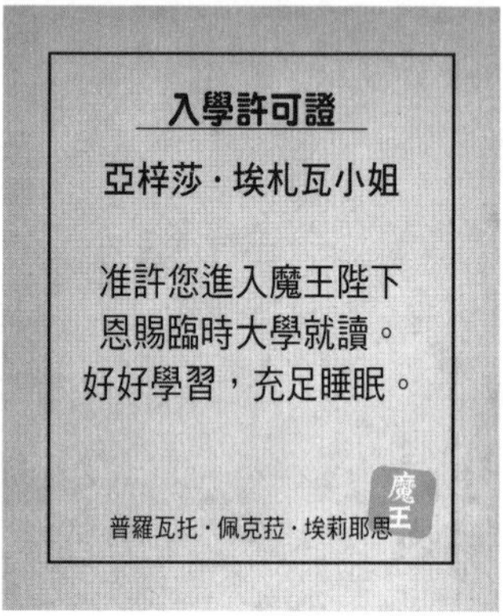
入學許可證
亞梓莎・埃札瓦小姐
准許您進入魔王陛下
恩賜臨時大學就讀。
好好學習，充足睡眠。
普羅瓦托・佩克菈・埃莉耶思
魔王

「居然硬是創立一所大學！」

有這麼離譜的強硬手段嗎。應該說如果這樣也行，即使不是大學生也可以參加了吧……

瓦妮雅還進一步掏出類似學生證的卡片。

「來，這是學生證。」

「連學生證都製作了啊……」

「還可以使用學生優惠喔。」

「我可不打算使用。而且要用的話會有抗拒感……」

我不只沒有讀過任何一秒書，甚至沒考過試，也沒有入學的打算。這種情況下要說自己就讀於某間大學，實在很難形容——但我討厭這樣。

不過大家的反應未必和我一樣。

「哇～！大學生耶～！法露法成為大學生了喔！」

法露法高舉雙手跳起來，全身表達喜悅之意。

對了，法露法曾經想在大學學系專門知識呢。

從高原之家無法往返人類國度的大學就讀。雖然可以住宿，但兩人的外表都是小孩，選擇在家裡與大家生活在一起。

「姊姊，不可以得意忘形。就算進入大學就讀，也並非終點。不如說是起點，入學後要做什麼才是一切的意義所在。」

夏露夏雖然規勸法露法，但她完全沒有否定進入大學就讀。代表她果然很開心吧。

這樣的話，或許真的該讓她們住宿讀大學……？不，等她們主動開口前，我要和她們住在一起！我也想與兩人共同生活！

除了兩個女兒以外，羅莎莉也感到開心。

「死了之後才成為大學生嗎。也就是追晉兩級（註4）呢！」
肯定不一樣。什麼制度會讓國中畢業後死掉變成大學畢業……
開心的家人比我想像中更多，但其他家人整體而言興趣缺缺。
「我是大學畢業喔。畢業於精靈森林大學的藥學科。」
哈爾卡拉已經畢業了。原來她有念過大學啊。
「第一次聽過哈爾卡拉念過大學呢。」
「畢業論文不停猜有毒的蘑菇，直到現在都是美好的回憶——其實並沒有。因為我不太願意回想，所以才沒說過。」
她該不會發揮過神農嘗百『菇』的精神，才這麼了解蘑菇吧……
「大學生不就是每天鬧到很晚的一群人嗎。若是這樣的話，藍龍在成為大學生之前一直都是這樣。所以根本不需要獲得大學生的許可。」
芙拉托緹心中的大學生形象也太偏差了……
雖然也是有這種玩整天的大學生……但這種人不會參加接力賽吧……
「另外即使不參加旅站接力賽，也可以使用身為大學生的權利。敬請充分享受大學生的氣氛吧。」

註4　意指軍官在戰場上陣亡。

「連大學都不存在，光享受氣氛比較困難吧。」

「不過唯有一點，希望各位注意，魔王陛下恩賜臨時大學——魔臨大一旦廢校，權利也自動失效。」

不要簡略學校名稱啦。還有別說得好像從以前就有的普通大學。

「可以的話，希望各位參加比賽。要不要暢快地流流汗呢？保證能成為一輩子的回憶喔！」

如果說這能成為一輩子的回憶，為了參加旅站接力賽而認真練習的選手們可能會揍人。

常識人萊卡似乎也正好有相同的觀點。

「請問，如果吾等參賽的話，不是對認真參加旅站接力賽的人很失禮嗎？」

嗯，我就擔心這一點。我不太願意做這種類似招罵的事。

「那可以不用擔心——我很想這麼說，但我不敢保證別人會怎麼想！」

真是正直又誠實的回答！

的確連瓦妮雅都無法保證沒有問題。只能說不知道別人會有什麼反應。雖然她的身分是讓我們參賽的使者，好像不該講這種話。

「不過已經通知過參加正式賽程的大學，這一次是特例，希望選手別太計較。另外旅站接力賽的粉絲應該都知道今年比賽少了一隊，多半可以吧。」

反正也不是因為我們參賽，害得晉級的大學遭到淘汰。
「嗯～有誰想參加嗎？」
總之先看看家人的意見。如果沒有家人願意參賽，那就甭談了。
萊卡迅速舉起手。
「只要展現慢跑的成果就可以了！」
她的確一直在練呢。
芙拉托緹也站起來。
「萊卡要跑的話，我芙拉托緹就非跑不可了。我才不會輸給萊卡。」
她的幹勁值得稱讚，但比賽是接力賽跑，隊員無法相互比輸贏喔。
「好，那就精進砥礪練習吧。」
萊卡積極接受她的挑戰。好像運動系社團的萬人迷女孩。她以前在紅龍族女學院也很受歡迎呢……
至少有兩人想參賽嗎。
我想尊重兩人參賽的意願。
「那我也參加吧……反正似乎只是跑步而已。」
佩克菈甚至捏造出一間大學（因為是基於魔王的權力，或許在比賽規定上不算捏造，等於貨真價實的大學），我也打算體諒她的努力。況且要是完全不理會，佩克菈多半會鬧彆扭……

不過還有其他問題。

「不知道這是幾人參加的項目，才三個人實在不太夠呢。」

應該說即使全家人參賽，以日本的驛站接力賽應該也人數不夠。

「這方面可以安排，反正魔王大人會想辦法。那就算三人參加囉。由於還有名額空缺，希望想參賽的人隨時告訴我。」

「好啦，我知道了。」

大概就悠芙芙媽媽或其他妖精，以及梅嘉梅加神和席羅娜吧。小穆她們不知道是沒有身體還是虛弱，所以無法參賽。

「如果還是不夠，就強迫某人成為魔臨大的學生，讓他參賽！」

「就說不要當成真正的簡稱了啦。」

「那我要說的差不多都說完了——呼啊～～～～～～」

瓦妮雅大大打了個呵欠。

「不好意思，如果有空房間的話，借我躺一下吧。」

「請吧，想睡多久就睡多久……」

瓦妮雅睡到下午後，才化為利維坦型態，緩緩起飛。

◇

從當天開始，萊卡與芙拉托緹進一步正式練跑。

她們真有活力啊。我幾乎都在一旁注視她們。

今天同樣一邊晾乾衣服，同時看著跑步的兩人。以身分而言我算是母親，所以沒什麼問題。

話說我連旅站接力賽的規則都還沒問呢。

我之前覺得反正和驛站接力賽差不多，所以隨口答應。但究竟有什麼樣的規則呢？我希望是單純的跑步，不會做什麼危險的事情。

還有包括我在內，腳程到底有多快啊？

理所當然，我在這個世界從未參加過馬拉松或短距離賽跑。我甚至沒聽過有這種比賽項目。

若是與魔物對戰，我一定不會輸。但是在純粹比拚跑步快慢的比賽中，我究竟有多少實力呢。完全是未知數。

那麼這次的旅站接力賽是個好機會呢。

之後我透過自己的人際關係，在有可能參賽的範圍內徵詢過意願。

最後由以下成員參賽。

魔王陛下恩賜臨時大學
去程一區　武史萊小姐
去程二區　悠芙芙媽媽
去程三區　梅嘉梅加神
去程四區　席羅娜
去程五區　萊卡
回程一區　芙拉托緹
回程二區　蜜絲菈媞
回程三區　瓦妮雅
回程四區　別西卜
回程五區　我（亞梓莎）

之後瓦妮雅一臉厭惡地表示「為什麼連我也要跑……」不過她既然擔任傳訊人，被拉去參賽是很正常的。

旅站接力賽當天，我們在休息用的帳篷下集合。

大家都配戴著寫了姓名、大學名稱與跑區的號碼牌。沒有制服之類可穿。

別西卜輕輕戳了戳我。

「欸，妳算是代表人，說幾句話吧。」

以結果而言，是我徵求大家參賽，沒辦法。

「嗯~幸好大家踴躍參賽的程度超乎我的想像。結果會如何我真的不知道，不過大家開心地跑吧。」

馬上有人拍手回應，卻是來自非參賽選手的佩克菈。

「佩克菈，妳怎麼會在這裡啊……？」

「因為在文件上，我是魔王陛下恩賜臨時大學的學姊呀。」

這種名稱的大學若沒有佩克菈的許可還能設立，那才不得了。

「以姊姊大人為首，各位究竟能展現多少熾熱的旅站接力賽之魂，我現在就非常期待喔！所謂旅站接力賽，就是有笑有淚，有流血有爆炸，什麼都不奇怪的運動——」

「等等，等等，等一下！」

有好多詞彙不能充耳不聞！

「難道姊姊大人認為『有笑』很奇怪嗎？」

是沒錯，但還有更危險的部分。

「為什麼有流血？還會爆炸？這運動有這麼危險嗎？」

和我所知的驛站接力賽不一樣！可不會在地雷區奔跑吧！

「還有，我們對規則一無所知，就這樣到了比賽當天，不是很奇怪嗎？」

除了我以外，蜜絲姜媞也臉色發青。這才是正常反應。

「不需要太擔心。現在的大賽完全禁止徒手，或是使用武器攻擊對手。」

「果然和我的所知不一樣！」

日本的驛站接力賽可沒有攻擊這種概念。

「大約從十年前就禁止徒手攻擊了。以前很多大學會在前幾棒安排跑得不快，卻對臂力有自信的選手，設法讓其他參賽學校中途棄權。由於太容易辦到，會讓比賽變得很無聊。」

別西卜說得很平淡。

正因為她說得平淡，反而很可怕。

「我再重複一次，真的不用擔心啦。如果姊姊大人與朋友遭受攻擊，我個人會勸對方棄權。」

目前只能相信她的話了。不過該發生流血和爆炸的時候是躲不掉的……

「規則很簡單，請將隊伍的背帶交給下一位跑者。另外如果有隊伍過於落後第一名，會導致趣味性降低，很可惜就得提前起跑了（註5）。姊姊大人的隊伍應該不會發生這種事，不過還是要注意喔。」

我們現在才知道規則，這當下已經有問題了。實在算不上嚴肅。

「背帶則是這一條。」

佩克菈取出一條非常厚重，好像冠軍腰帶般的背帶。

「為什麼不設計得輕一點……？」

「背著這條沉重的背帶衝上第五區的山路，是比賽最熱鬧的部分♪」

佩克菈一臉笑咪咪。

我或許太小看魔族舉辦的驛站接力賽了……

「啊，第一區的選手差不多該準備囉。武史萊小姐，麻煩妳了。」

「知道了！我會全力以赴！」

武史萊小姐隨即前往起跑線。

雖然到了比賽當天愈來愈不安，可是已經無路可退了……

註5　驛站接力賽規則，由於舉辦比賽必須封路，為了降低對交通的影響，規定落後第一名太多的選手必須在隊友尚未抵達前先起跑。

除了武史萊小姐以外，第一天要參賽的跑者都前往背帶的接力地點。
另一方面，要跑第二天回程的我、芙拉托緹、蜜絲姜媞、瓦妮雅、別西卜等五人則搭乘馬車。
這叫做陪跑馬車，似乎是從後方追上接力賽隊伍。
「從三十年前就禁止以陪跑馬車撞人了，所以沒有任何技巧性的使用方法。輕鬆地乘坐即可，馬車上也沒有安裝金屬尖刺之類。」
「我更想知道三十多年怎麼會允許這種事情發生。」
魔族由於身體強韌，可能許多人血氣方剛。
「無法參賽的大學生不是也想跑嗎？比方說駕駛陪跑馬車去撞敵方隊伍選手，不就能參賽了嗎。大顯身手的機會愈多愈好哪。」
「我寧可不要這種邪惡的機會……」
從馬車停靠的位置可以看見第一棒跑者。
魔族果然從外表看不出年紀，尤其外表像魔獸的魔族更是分不出來。何況就算是年輕大學生，實際年齡有可能是兩百歲，也可能是兩百五十歲……
外側擠滿了加油與觀賽的人群。
其中還有揮舞旗幟，以及可能是大學候補選手的人。還聽到有人喊「學長，加油！」應該不會錯。

這部分與日本的驛站接力賽沒什麼差別。

「武史萊小姐似乎幹勁十足呢。還練習過了喔。」

瓦妮雅告訴我這些資訊。

理所當然，我們完全沒有整支隊伍練習過。

因為大家分居各地，很難集合。

賽前沒有練習過，其他參賽大學可能會罵我們是玩票的，有點可怕。

「她怎麼會這麼有幹勁。旅站接力賽奪冠也沒有獎金哪。畢竟是大學的比賽啊。」

別西卜也真是嘴上不留情……

「不是偶爾以金錢以外的事物為目標？」

「就是想像不到，才覺得神奇哪。」

完全不信任武史萊小姐啊。雖然很大一部分是她自作自受。

另外不只我們幫武史萊小姐加油的。

沿路的觀眾當中，有魔族捧著史萊姆。

「那幾隻史萊姆難道是『免學費一號』、『二號』、『三號』、『四號』嗎!?」

武史萊小姐飼養了幾隻親近她的野生史萊姆。

即使她不知道史萊姆究竟在想什麼，親近她的表現應該不是假的。

捧著史萊姆的魔族，服裝上也有「武史萊道場」等字樣，肯定不會錯。意思是這些魔族是道場的學生吧。

「噢，武史萊好說歹說也是指導者哪。學生來幫她加油，真好啊。」

「我感覺心中洋溢著暖意呢。」

武史萊小姐也成長了。希望今後她能繼續為了道場而努力。

眼看即將開始起跑。武史萊小姐穿上「魔臨大　去程一區」的號碼牌，輕輕拉著腳筋。

會場的緊張情緒逐漸升高。

像是營運方的獨眼魔族大聲高喊：「即將起跑！」

選手們跟著略為往前彎腰。

然後『磅！』的破裂聲響起，所有選手跟著同時開跑。

「咦？這個世界有手槍嗎……？」

「那是什麼啊。剛才是起跑用的小型爆炸魔法。」

連這一點都十分相似……

我們乘坐的陪跑馬車也緩緩開動。

有專門的車伕負責駕駛。另外雖然叫馬車，不過拉動的不是馬，而是其他魔物。

我猜是比西摩斯。

「武史萊，跑啊！要努力跑！」

「加油，加油！」

芙拉托緹與蜜絲姜媞都開口加油。即使是急就章的隊伍，但既然組隊，就該好好為隊員加油。

可能是加油奏效，武史萊小姐很快就跑在前頭。

「武史萊小姐打算一口氣一馬當先嗎。其他人都是在旅站接力賽的社團活動中練跑的學生，她卻做出如此大膽的決定呢。」

瓦妮雅感到不可思議地開口。

我也和瓦妮雅有相同想法。

武史萊小姐在跑步方面中就是外行人，想不到她會下這麼大的決心。

實際上，大多數大學選手都靠得很近，還在觀察動靜。

「第一個跑在前頭的風險也很大哪。由於迎風吹拂，還會消耗體力。她寧願接受這些不利的條件，也認為必須跑在前頭嗎？」

即使武史萊小姐不是跑步專家，依然是專業武鬥家。或許有類似賭徒的戰鬥方式之類。

從陪跑馬車只看得見武史萊小姐的背影，不過可以感受到她充滿鬥志。

她的速度愈來愈快，接近一個人領跑。

沿途也傳來「魔臨大真是厲害！」「那樣跑能撐到最後嗎……」之類喜憂參半的

聲音。

「對啊，跑那麼快真的沒問題嗎……不會突然失速吧……雖然已經來不及了。」

一般而言要綜合各種情況，決定哪位跑者該怎麼跑，但是魔臨大沒有教練，所以完全沒有這方面的戰術。

另外文件上需要教練，因此填了佩克菈的名字。

武史萊小姐朝身後瞄了一眼。

確認與對手拉開足夠距離嗎。

結果武史萊小姐的手做出奇怪動作——

像是伸進後方的口袋中，從口袋中掏出東西，接著將折疊整齊的東西攤開。

那是什麼？看起來像新的號碼牌。

武史萊小姐將攤開的東西套在號碼牌上，果然是新的號碼牌。可是她為何這麼做……

號碼牌上寫著這些內容：

可以填飽肚子
培養職業武鬥家
武史萊道場
徵求學生中！

「用來宣傳喔！」

她又藉機做生意了……

「原來跑在前頭也是為了讓廣告更加明顯啊。一切都是以宣傳為優先而想的戰術嗎？」

既然已經參加，拜託以求勝為優先好不好。

「不過那沒有違反規定嗎？會不會突然因為大學本身犯規而落敗？」

即使是急就章的隊伍，要是這樣輸掉，我可要對武史萊小姐發脾氣。

「這倒不用擔心。」

瓦妮雅一邊翻開類似規則書，同時表示。

「脫掉號碼牌是犯規，但她只是在號碼牌上頭穿上別的號碼牌，所以沒關係。」

「原來她早就算計好了喔！」

感覺這樣更惡質。

看來毫無疑問，會再度變成奇怪的競賽。

這時候武史萊小姐完全轉過身子，變成倒退跑的姿勢。

因此我們也看得見她的臉。不對，本來不應該看見的吧！

「我代表武史萊道場！歡迎蒞臨武史萊道場！能鍛鍊內心、身體與荷包的武史萊道場！現在舉辦一星期免費體驗活動！」

「不要開口宣傳，專心跑步啦！」

別跑得這麼快，還做出對自己明顯不利的舉動好嗎。

「亞梓莎小姐，感謝妳從陪跑馬車上聲援我！」

「不是啦！我不是在聲援！」

不要自己胡亂解釋！

「只要說在旅站接力賽看見跑步的武史萊，就優惠五千柯伊努學費！一起痛快地流汗吧！」

不用流汗了，拜託認真地跑！

可能因為突然轉身向後的關係，其他選手接連超越武史萊小姐。而且由於一開始跑在前頭，似乎一下子增加了大量疲勞。

「看！誰叫她不好好跑！」

「這下糟糕了！如果武史萊中途棄權，第一天就結束了！在我芙拉托緹上場前就要結束啦！」

該不會人選有重大失誤吧……？可是我當初根本無法預料，她會趁賽跑的時候宣傳自己經營的道場。

「算了，反正也沒差。反正又沒有賭錢，志在參加不再得獎。這才叫運動家精神哪。」

「對啊~別西卜大人。填滿參賽名額空缺的那一刻，就等於勝利了呢。」

乘坐陪跑馬車的農務省官員們毫無幹勁。也太沒勁了吧。

「妳們可別嘲笑已經蓄勢待發的跑者喔。」

「也對……可能說得太過分了哪……因為長時間過著假日在家無所事事的生活，小女子對運動毫無興趣……」

別西卜以前到底是什麼樣的人物啊？

「可是武史萊在那裡落後，在戰略上可能是正確的哪。不，雖然不算正確，但是

宣傳導致落後的劣勢其實很小哪。」
「什麼意思？」
我不太明白別西卜這句話。
「妳看看前方。目前正展開激烈的第一名之爭。」
道路呈現很長的直線，因此可以看見領先集團。
每一名魔族都拚命跑在第一個。
然後衝在前頭的牛頭人，迅速朝一旁伸出左腳。
導致狼人跑者絆倒！
「咦？與其說意外，剛才那不是故意的嗎？他好像跑到狼人正前方絆倒人耶……」
「當然是故意的。因為可以這樣啊。」
別西卜一臉明知故問的表情。
「咦……？可以嗎……？這樣不算犯規……？」
「用手是犯規的，可是沒有禁止用腳。用腳絆倒人也在規定範圍內。不如說這種戰術才是比賽的醍醐味哪。」
「哎呀～今年從第一區就開始絆人了嗎～哦，亞梓莎小姐，請看。摔倒的狼人氣得從後方踹倒了牛頭人喔！」
情況真的一如瓦妮雅所說。

眼前上演了大亂鬥……

「只要規則允許，任何手段都在所不辭。這才是運動家精神呢～」

「和我所知的運動家精神差遠了！」

在名列前茅的跑者忙著互踢的期間，剛才暫時落後的武史萊小姐追了上來。

原來如此……只要名次落後，就不用擔心遭受攻擊嗎……

「武史萊流史萊姆拳法的原則是，只要不能賺錢就不會攻擊任何人。所以在旅站接力賽也不會傷害任何選手！各位觀眾，見到優秀的武道精神了嗎？」

「雖然她說得像美談，可是換個角度，聽起來就像為了錢可以攻擊任何人耶！」

最後武史萊小姐在總共二十支參賽隊伍中，以第十名跑完第一區。將代替驛站肩帶的巨大背帶交給悠芙芙媽媽。

「悠芙芙媽媽，這條背帶相當沉重喔！」

「放心吧。我每天都散步超過三十分鐘呢～」

悠芙芙媽媽，參加驛站接力賽的人不該說這種話喔……

不過已經無所謂了。反正志在參加是事實……

武史萊小姐似乎真的累了，一坐上陪跑馬車便仰面躺下。

「天啊，累死了……大聲宣傳喊太久了……」

「宣傳這件事就不計較。不過正好在中間名次將背帶接力給下一人，還滿厲害的耶？」

畢竟其他人可是旅站接力賽的專家。代表武鬥家的體力似乎還不錯。

「呼、呼……對啊。我可不想為了宣傳而造成隊伍麻煩，所以我達成義務啦。」

「既然在意的話，就不該宣傳吧。」

然後蜜絲姜媞向武史萊小姐打聽有效的宣傳方法。

明天要跑的蜜絲姜媞也確定要宣傳自己的神殿嗎……觀賽的都是魔族，宣傳在人類國度受到信仰的事物不知道有多少意義。

接下來聚焦在悠芙芙媽媽的比賽吧。

悠芙芙媽媽散發的氣氛很像為了減肥而開始跑步的人。

換句話說，就是腳程不快。

而且胸部還劇烈晃動。那對胸部明顯妨礙跑步……

「汗水滴下來了，不愧是水滴妖精。」

芙拉托緹也對奇怪的地方感到佩服。

該不會在悠芙芙媽媽這裡大幅落後吧……

不過悠芙芙媽媽反而超越了一名按著腿，倒在地上的選手。

「噢，是結實挨了一踢而無法繼續跑的選手吧。是濃霧山區綜合大學，他們應該會中途棄權。」

「這也太不講武德了。」

「拷問館大學的達布年去年在第二區，同樣締造靠腳踢淘汰四人的區間新紀錄。今年他同樣有參賽，肯定會發揮腿功。」

「拜託比賽跑步的時間好不好！」

我甚至覺得，背帶該不會無法傳到明天跑最後一棒的我身上吧……

不過名列前茅的選手爆發激烈競爭似乎是事實。悠芙芙媽媽再度超越兩名倒在地上的選手。

「哦，見到前頭集團的選手囉。拷問館大學的達布年，監視塔大學的連達吉爾，吸血草慈愛大學的東堤蘭多並列，正在比拚腿技！」

全都是一聽就不想就讀的大學名稱……

再度因為前幾名選手不認真跑，導致後面的選手追了上來。這場旅站接力賽說不定即使腳程不快也沒問題。

不過又衍生出新的問題。

「再這樣下去，悠芙芙媽媽會不會遭受攻擊……？沒問題吧……」

由於沒料到比賽項目這麼危險，沒有告訴她遭受攻擊的風險。

「只要跑過這一段，我就要吃三塊蛋糕獎勵自己。一、二、一、二！」

悠芙芙媽媽非常想吃呢……

不過名叫達布年的選手發現悠芙芙媽媽追了上來，他回頭一瞧。

「怎麼辦！悠芙芙媽媽要受到攻擊了！」

達布年進一步刻意放慢速度，縮短與悠芙芙媽媽的差距。糟了！

「哦！怎麼了嗎，兄弟～？」

悠芙芙媽媽歪頭詢問。

「如果有什麼話想說，就說出來吧♪」

臉上跟著浮現笑容。

名叫達布年的選手低聲說「好、好的……媽媽……」然後轉向前方離去。

「哦！達布年害羞了呢！對悠芙芙媽媽散發的母性感到害羞了！運動型男孩果然對渴求母性嗎!?而且他剛才還喊了媽媽呢！」

瓦妮雅的說明聽起來有點蠢，不過很對。

以媽媽味度過了危機！

「達布年這人也具備運動家精神吧。認為對女人動手很丟臉哪。雖然在這種情況下是動腳而非動手。」

這一點我同意，但也別攻擊同性別的選手啦。

「大家跑得好快呢～不過媽媽也不會輸喔～」

其他選手似乎也感到害羞。停下你來我往的攻擊，認真地跑步。

「哦，悠芙芙小姐的效果讓選手們認真地跑步呢。整體氣氛逐漸改變囉！」

「意思是經常不認真跑嗎……」

瓦妮雅的話有語病。

「至少在旅站接力賽，腳技練習比跑步練習更重要。尤其是練出強健身體，以免輸給對手腳技的訓練。」

早知道這樣，拜託當初別來徵詢我們要不要參加。

悠芙芙媽媽就以自己的速度跑完第二區。

對我而言，只要悠芙芙媽媽沒有受傷就是萬幸。

接下來背帶從悠芙芙媽媽傳給第三棒跑者梅嘉梅加神。

「神明，請拿去吧。」

「好，我收下了！等一下再給妳『德行集點卡』！」

似乎連梅嘉梅加神都在傳教……

另外梅嘉梅加神接過背帶時排名第八。四支隊伍在第二區棄權，所以現在是十六支隊伍比賽。棄權率相當高。

我們讓悠芙芙媽媽登上陪跑馬車，然後前進。

「話說亞梓莎，那位神明擅長跑步嗎？」

噢，她似乎不太了解梅嘉梅加神呢。

「她的跑步速度是謎團。應該說，是她主動要求參賽的。」

是梅嘉梅加神在夢中出現，告訴我「要參加旅站接力賽」。

不愧是神明，會突然在夢中出現。

反正沒什麼拒絕她的理由，所以我也同意。

「唔，那可是黑馬哪。自從創賽以來，這可能是第一次有神明參加呢。」

「一般而言是這樣吧……」

日本的驛站接力賽不會有神明，或是妖精參加。況且神明與妖精都不是大學生，沒有參賽資格。

第一區與第二區已經總計跑了四十公里，城下町的城牆也在遙遠的彼端。比賽完全進入了郊外的原野地區。

如果進入最後的第五區，就一下子變成陡急的坡道。

第五區由萊卡負責，所以很放心。不如說甚至至有可能刷新區間新紀錄。

問題在於在輪到萊卡之前，究竟能以第幾名接過背帶。

來看看神明怎麼跑吧。

以結論而言，神明根本沒再跑。

她的雙腳明明貼著地面，卻只有身體往前進！以奇妙的力量移動！

「怎麼樣？動作很像 bug 技吧？」

「只有我才聽得懂 bug 技是什麼意思吧！」

陪跑馬車上的別西卜露出不妙的表情。

「唔，那有可能被判違反規則喔？飛在空中算是犯規哪……」

「咦？可是她並未在空中飛行吧……？」

拜託，我可不希望在這裡因為犯規而棄權。以我的價值觀來看，允許攻擊明明等於所有隊伍都犯規。在這種情況下要是因為犯規落敗，我會難以接受。

其他大學似乎也和別西卜看法相同，徵詢裁判的意見。營運方一名長翅膀的魔族也飛到我們的陪跑馬車旁，告知答案。

糟糕！如果就此被判犯規，一切就結束了……

「其他大學表示，魔臨大的第三位跑者跑步方式犯規，但是大會認定沒有問題。選手並未在空中飛行，似乎也不是飛行相關的魔法。在規則上不屬於犯規行為，所以沒關係。」

太好了！沒有犯規落敗！

「不過下一次的旅站接力賽可能會修正規則，連那種特殊移動方法也視為犯規……」

這也難怪……畢竟怎麼看都不像在跑步……

長翅膀的魔族飛向其他陪跑馬車。連這種奇妙的比賽都不忘發集點卡啊。

「哈囉，各位魔族，請收下『德行集點卡』！來累積善行，集點吧！」

梅嘉梅加神宛如摩擦地面般移動，同時沿路發放集點卡。

「居然在傳教！」

這支隊伍有太多選手帶著自己的盤算參加比賽。

還有，梅嘉梅加神的動作極富技巧性。

即使跑在前頭的選手想用腳踢，她依然像玩遊戲操縱角色一樣，突然往側面移動躲避。

「不可以對神明使用暴力喔。倒退五秒～」

梅嘉梅加神笑著開口，結果想踢她的選手突然傳送到後方去。

「只要對方不是高次元人物，這點程度是辦得到的喔～」

這能力太作弊了！倒退五秒可是相當大的損失耶。

同樣有人詢問將選手傳送到後方的能力是否犯規。但那不是魔法，不屬於犯規行為，所以沒事。

理所當然，神明參加比賽當然是最強的……

不過梅嘉梅加神也並未高速移動，整體而言以第五名將背帶交給下一棒。

也有可能她限制了移動速度與能力。如果她讓所有跑者回到起點，光是這樣就等於贏了。

第四區輪到席羅娜。

起先我以為她不會參加。不過身為冒險家，她對魔族地區感興趣，因此點頭答應。話說普通冒險家根本不會來到魔族地區。對於席羅娜而言，則是很久沒有來到此地。

「來，席羅娜小姐，這是背帶。」

「我確實收下了。唔……還頗沉重的……」

席羅娜彷彿體力不強，沒問題吧。

梅嘉梅加神進入陪跑馬車。她似乎真的完全沒跑，絲毫沒有疲態。

「這是讓魔族也認識我的好機會，所以剛剛好。」

「您是神明啊，真年輕呢～我是水滴妖精悠芙芙～」

「啊，妳就是水滴妖精小姐吧。我目前擔任神明。悠芙芙小姐也很年輕喔。」

陪跑馬車內變得像媽媽之友的聚會……

「那麼各位，第四區可是絕景喔。不過可能會濺起水，要小心一點。」

瓦妮雅似乎很了解旅站接力賽，還兼任解說員。

「會濺起水，難道是在湖畔賽跑？」
「沒錯，答對了。」
瓦妮雅不停點頭表示同意。
「第四區會通過夾在北漂白湖與南漂白湖之間的狹窄沙洲。」
在沙洲中央前進，以日本而言就像天橋立（註6）吧。雖然我沒去過。
「湖泊之間的沙洲很窄，勉強讓人擦身而過。所以陪跑馬車會擋路，要繞行湖泊外側的道路。這段賽道的重點在於如何以腳將其他選手踹進湖裡。」
「拜託重點放在跑步好嗎？」
每一種項目都很暴力耶。
「南北這兩座漂白湖，泡久了都會受到傷害，所以別名死亡之湖。一旦掉進湖水會導致體力降低，很難以前幾名跑完去程折返吧。」
「為什麼要在這種地方跑啊……」
「別名破壞心臟之湖。」
「既然摔倒會有危險，難度也太高了，這樣很奇怪耶！」
席羅娜不要緊吧。參賽選手全都是魔族，而且根據規則，連魔法都禁止使用。

註6 日本三景之一，位於京都府北部的宮津灣。

我們搭的陪跑馬車也行駛在湖泊外側。
左手邊可以見到在湖泊之間的沙洲上賽跑的選手。
可能體力上吃不消，席羅娜被好幾名選手超越。
這比被踢落湖中還要嚴重。
「目前排名第十吧。如果距離第一名太遙遠，就很危險了……畢竟也有人覺得那條背帶很沉重……」
沒錯，那不是驛站肩帶，而是沉重的背帶。有人光是背著就會累。
接著席羅娜撞上從後方追擊的選手。不，是對方撞過來？
只見席羅娜腳步踉蹌，從沙洲跌落湖中。
「席羅娜！」
只能吶喊的我感到焦躁難耐。
難道得棄權了嗎。畢竟是急就章的隊伍，奮戰到這一刻該感到很了不起了嗎。
可是──過不了多久，席羅娜便爬上沙洲。
而且她似乎變得很有精神。
「呵呵呵，現在變得非常白了呢！」
席羅娜的呼喊連我這邊都聽得到。
原本有顏色的號碼牌的確變白了。

「原來被湖水漂白了啊！」
「嗯，一旦掉進漂白湖，顏色就會脫落得一乾二淨。所以才有漂白湖的名稱。」
喜歡白色的席羅娜該不會看準這一點才參賽的吧？
接下來席羅娜大幅提升速度。
不只速度變快，與剛才相比，表情非常暢快。
宛如打從心底享受旅站接力賽。
「那女孩連號碼牌都變白色後，鬥志也隨之提升了呢……」
只見她不斷加速，追上前方剛才撞自己的魔族，從身後衝撞對方。
然後迅速起腳一踹。
魔族發出尖叫，跟著跌落湖中。
「剛才真是謝謝你啊，這是一點小回禮。」
不折不扣的加倍奉還呢。
之後席羅娜繼續提升速度，再度衝回之前跌落的名次。
唔，原來身上衣服的顏色會大幅影響鬥志啊……
不久後也離開漂白湖賽區，陪跑馬車再度追在席羅娜後方。
「還差一點，席羅娜！」

「很吵喔，乾媽！這點小事我當然知道！」

她向我抱怨。可是又不能不幫她加油。

看來有機會以第六名將肩背帶交給萊卡。第一天有可能留下相當不錯的名次。

遠遠就能看到萊卡充滿幹勁。

「萊卡小姐，接下來拜託妳了！」

即使後半段的疲勞讓席羅娜有些蹣跚，依然將肩背帶交給萊卡。

「好！吾人會盡全力達成今天最後一棒的任務！」

萊卡揮舞手臂，從前段就不斷加速。

我們先讓席羅娜坐上陪跑馬車。這輛馬車能載這麼多人呢。應該是因為拉車的不是馬，而是大型魔物比西摩斯。

「體驗漂白湖真的太棒了。」

「果然是以湖為目標嗎。不過在人類以外的跑者當中，妳跑得很棒喔。」

「啊，又以媽媽的態度誇獎了。拜託不要這樣。」

可以不要每次褒獎的時候都這樣說嗎。

但是席羅娜的表情卻蒙上陰影。

「排名落後了一名。我原本想保持不落後，交給下一棒萊卡小姐。」

其實她還是很在意成績嘛。
我伸手在席羅娜頭上拍了拍。
「放心，放心吧。這點程度對萊卡而言，連障礙都算不上。」
「真是的，乾媽怎麼態度這麼隨便啊。」
「這句話不是以乾媽，而是以隊長的立場說的。」
雖然順勢說出口，不過我算是隊長嗎……？
「終於到了心臟破裂的第五區哪。由於特別嚴苛，第五區影響整體比賽結果一點都不稀奇。出名到連對體育不感興趣的小女子都知道此地哪。」
別西卜說。這一點接近箱根驛站接力賽。剛才同樣有心臟破裂的湖泊……
擠滿沿途的魔族人數也感覺比之前多。
「往年都是很會爬山的人跑這一段，這一屆同樣有不少獨眼巨人與巨魔哪。瓦妮雅，今年受矚目的選手是誰？」
「地獄臺業力大學的巨魔，托囚拉別名山路破壞神呢。」
怎麼聽起來是無法活著畢業的大學名稱……
在我們對話的期間，萊卡已經超越獨眼巨人，來到第五名。
「吾、吾人，不會輸的！就算輸給他人，唯獨不會輸給自己！」
「哇，真是窮追不捨呢！陪跑馬車的車伕先生，麻煩再加快一點！比西摩斯累了？呃，拜託想想辦法！」

由於坡道很陡，似乎連比西摩斯都發揮不出速度。而且乘車人數也一點一點增加……即使是比西摩斯也很辛苦吧……

「瓦妮雅，前幾名情況如何？」

「目前飛龍工作人員送來快報。地獄臺業力大學的托囚拉目前第三名。名次相當前面，看來有機會衝到第一名。第二名是拷問館大學的馬福利托，第一名則是蛇尾雞藥科大學，名叫劈石的波恩。哦，蛇尾雞藥科大學的排名來到這麼高啦。吸血草慈愛大學在第四區溺水，導致大幅落後了嗎。看來很難挽回局面吧。」

由於我缺乏大學相關知識，有聽沒有懂！

斜坡變得愈來愈陡。甚至連比西摩斯都停下了腳步。

呈現螺旋狀的道路綿延在山上。

「比西摩斯已經累了。沒辦法，讓牠休息三分鐘吧。」

唔……即使很在意比賽的情況，但也沒辦法。強迫魔獸行走可是虐待動物。

——這時候，上頭有選手摔下來。

「啊，拷問館大學的馬福利托從橋上摔下來了喔！這會大幅損失時間！萊卡小姐的排名再度往前晉升一名！」

「跑道到底有多嚴苛啊!?」

這時候營運方幫忙準備了新的比西摩斯。的確好過繼續靠之前的比西摩斯行駛。
「這樣就能繼續行駛了。追上去吧！」
我們在螺旋狀的道路上不斷攀升。
果然不愧是嚴苛的道路，選手的速度好像也大幅降低，陪跑馬車一一超越。
還沒見到萊卡，意思是她目前第三名嗎？
再往前行駛一段路，便逐漸看到萊卡的背影。
沿途傳來歡呼聲。
「魔臨大好厲害！」「魔臨大來了！」「全新的山路破壞神！」
聽到別人喊山路破壞神，很懷疑萊卡會不會高興，但她順利地往前跑。
「不錯喔，萊卡！就這樣，維持下去！」
萊卡略為舉起右手。
應該是代表有聽見吧。
接著萊卡超越號碼牌像是寫著『蛇尾雞藥科大學』的選手——上頭畫著蛇尾雞，應該沒錯。
「哦！厲害，真是厲害！前面只剩下一名選手囉！只剩地獄臺業力大學的托囚拉了！」
「與山路破壞神對決嗎？」

照理說對方跑在前面，要追上有點困難吧。
不過這時候，陪跑馬車發生變化。導致身體往前傾斜。蜜絲姜媞一臉撞上車身。
怎麼感覺像來到雲霄飛車的頂端……
「啊，剛才我忘了說，最後一段路會變成陡急的下坡。由於要使用特殊的肌肉，似乎很難跑呢。」
「拜託不要忘記好嗎！」
這比哪間大學的誰在跑更重要耶！
「喂，這下糟糕了……這隻比西摩斯因為直到剛才都在加速，導致停不下來，衝得愈來愈快……」
意思是煞車失靈嗎……
萊卡跑在前面。
聽到聲音不對勁的萊卡也轉過頭來。
「哇啊啊！要撞上了，要撞上了！」
「抱歉！比西摩斯停不下來！」
結果萊卡拔腿朝下坡狂奔。
否則肯定會被陪跑馬車的比西摩斯撞上。
「以、以龍族萊卡小姐的力量，區區比西摩斯應該擋得住吧？」

瓦妮雅提出意見，可是問題不在那裡。

「這是接力賽，擋住比西摩斯的期間會被超越吧！考慮到這一點，只能往前跑了！而且乘坐這麼多人的馬車，可能連萊卡都很吃力……加上速度非常猛烈……」

由於很難得碰到這麼特殊的情況，萊卡也只能往前衝。

「哈哈哈！比西摩斯衝呀！用力撞一下萊卡！」

「芙拉托緹不要起鬨！」

「對啊，以陪跑馬車攻擊對手的規則早就廢除了。更何況攻擊隊友可是前所未聞哪。」

「別西卜這句話也牛頭不對馬嘴！」

總之萊卡卯足全力奔跑。

比西摩斯體型很大，可能造成心理上的壓迫感。還會有種被窮追不捨的感覺。

事實上的確正在逼近萊卡……拜託千萬別撞上她。

這時候，萊卡前方出現另外一人。

「那是目前第一名，地獄臺業力大學的托囚拉！好厲害！萊卡小姐氣勢如虹，眼看即將追上山路破壞神呢！」

瓦妮雅單純地湊熱鬧。或許她說得沒錯，可是這輛陪跑馬車也快追上萊卡了。

「好！順便攻擊那名巨魔對手吧！撞上去！」

「就說這樣犯規了！一旦犯規，不只得退出比賽，還得被迫寫三千份悔過書哪！」
聽到別西卜的警告，芙拉托緹頓時臉色發青。
「…………那可麻煩了。要是被迫寫三千篇文章，會死掉啦。」
不論表現利多麼豐富，的確都會寫到詞窮。可能得追溯到年幼時期的記憶才有辦法……
「吾、吾人會拚命跑！因為要是撞上陪跑馬車，吾人不知道該怎麼辦！」
萊卡進一步加速。
第一名的巨魔似乎也察覺到後方的騷動，回頭瞄了一眼。
彷彿沒有料到會有人狂奔猛追似的，巨魔十分焦急。
哦，萊卡真的會奪得去程第一名嗎？
應該剩下不到兩百公尺。
第一名的巨魔逃跑。
萊卡追在後頭（嚴格來說，是逃離陪跑馬車的追逐）。
這場比賽究竟會如何發展？
「（萊卡）快跑！（陪跑馬車）快停下來！」

「到底在幫誰加油啊。」

「停下來是指馬車啦！」

三者沒有一方停下來，直接衝過終點線。

結果究竟如何!?

萊卡並未縮短差距，巨魔先一步抵達終點。

慢了幾秒後萊卡跟著抵達。

地獄臺業力大學圍著巨魔選手慰勞。即使是對手，表現也十分優異。

另外身為參賽者的我好像不該這麼說。這種即席隊伍要是輸了，以後有可能會感到失落，或許贏了比較好……當初完全沒料到會得第二名呢。

不過除了整體排名以外，還發表了別的紀錄。

負責快報的有翅膀魔族，迅速來到我們的陪跑馬車告知。

「各位魔臨大的選手，恭喜妳們！萊卡小姐締造了區間新紀錄呢！第五區的區間新紀錄！」

哇塞！創下了驚人的紀錄！

該不會因為陪跑馬車在後頭追趕，才有最後的猛衝吧……？可能性很高耶……

不過締造新紀錄真的很了不起！

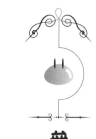

參加旅站接力賽（回程）

She continued destroy slime for 300 years

「太好了，萊卡！真的很棒呢！區間新紀錄喔！」

「感謝您，亞梓莎大人！」

萊卡也跑完了全程，露出燦爛的表情。

不過我們剛才衝過了萊卡的身邊。

嗯，即使有減速，但依然無法完全停下比西摩斯……真讓人坐立難安。

最後比西摩斯終於在前方三百公尺的平地上停下來。

我們與萊卡會合後，稱讚她的優秀表現。

「恭喜妳！長期鍛鍊展現出成果了呢！光是這樣都有參賽的價值了！」

明天不論排名倒退多少，都綽綽有餘呢！

既然是感動的時刻，我也緊緊摟住萊卡。萊卡好像也很難為情，卻並未拒絕。

「不不不，還有許多課題呢。目前尚未獲得第一名。」

「這是因為原本的時間差吧。區間新紀錄代表跑得比之前的任何人都快。雖然不需要大吹大擂，但是過度謙虛也不好。」

「這也是受到亞梓莎大人薰陶的結果。」

即使這句話有些吹捧過度（我一秒鐘都沒有指導過驛站接力賽），反正現在也沒必要太謙虛。況且我剛剛才說不要過度謙虛。

「嗯，修行永無止境。今後同樣要孜孜矻矻地努力。」

我摸了摸萊卡的頭。

「是的。吾人不會驕傲自滿，繼續精進！還有一件事……」

嗯，什麼事呢。

「能不能多摸摸吾人的頭呢……？因為很難得……」

哦，摸摸頭多多益善啊。

「好，要摸多久都可以！」

現在不論給予多少稱讚都合適。

不過有人無法坐視不理。

「哼！成績又沒有好到可以得意洋洋！」

一臉不悅的芙拉托緹前來。

「知道嗎，萊卡？明天我芙拉托緹會創下更好的紀錄，馬上刷新妳的成績！會再度留下區間新紀錄！」

「拜託，芙拉托緹，萊卡是去程第五區，妳是回程第一區，不論留下多好的紀錄都無法超越萊卡的紀錄啦……？會締造別的紀錄，知道嗎……？」

芙拉托緹可能不明白比賽規則。況且去程與回程的區間剛好相反。

「哎呀……算、算了，沒關係。我芙拉托緹要超越萊卡，贏得綜合冠軍！」

她可能真的不懂規則。

不過在這方面，萊卡略勝一籌。

「知道了。妳就儘管努力，接近吾人的紀錄吧。呵呵～」

萊卡刻意地挺起胸膛。

這是對芙拉托緹使出激將法，提升團隊成績的戰術。

「好，等著明天看到我的英姿，哭喪著臉吧！」

既然明天同樣由幹勁十足的芙拉托緹起跑——

說不定魔臨大真的有可能奪冠。

畢竟第一天就締造了第二名的優秀成績。

不過芙拉托緹跑完後，接力順序是蜜絲姜媞、瓦妮雅、別西卜和我。其中有沒有人跑得特別快啊？

首先，我跑得快不快？在狀態上我應該比普通人類跑得更快，但能跑贏選手級的魔族嗎？

既然這樣，我希望能以更微妙的排名賽跑……若在第二名或第三名接過背帶，不斷被選手超越的話，可就太難看了……

第三名之後的大學選手也陸續抵達終點，第一天的旅站接力賽告一段落。

其中還有選手受傷，我還是覺得這種比賽也太過激烈了。

不過似乎還有類似餘興節目，瓦妮雅拉住即將離去的我的手，表示「請稍後片刻」。

正好菈米娜族的庫庫的庫庫登上舞臺。

她的肩上背著魯特琴，代表是彈唱表演。

「庫庫小姐負責演唱今年大會的主題曲喔。」

話說之前庫庫好像提過，有份工作要在某場大會上唱主題曲……

「庫庫真的出人頭地了呢，已經是超人氣歌手了喔。」

似乎利用了效果類似麥克風的魔法，放大庫庫的聲音。

「各位選手都辛苦了，我是吟遊詩人庫庫。各位展現熱情的比賽英姿，以通俗的方式形容，看得我快流眼淚了。這次由我負責演唱大會主題曲。」

不論在任何世界，這種規模的大會都有主題曲呢。

「請聽這首『候補人生』！」

候補人生

作詞．作曲　庫庫

汗珠閃耀的選手們　奔馳在冬季
沿途的觀眾　揮舞著支持學校的旗幟
我穿著大學制服　喊到嗓子啞掉
顏面無光地穿梭在沿途觀眾的縫隙中
候補的人生　候補的人生
爬不上第一梯隊　淪為默默無名的大多數
候補的人生　候補的人生
沒機會留下名字　連輪家都不算的配角
（第二段以後省略）

這種主題曲也太不應景了吧！

「真是挑錯了人……她只會唱歌詞陰暗的曲子哪。」

別西卜感到錯愕。似乎連魔族也覺得不行。

一曲唱完後，會場氣氛降到冰點。如果有誰還嗨得起來，反而會覺得這個人很白目。

「感謝各位的聆聽，那我就再唱一首吧。曲名為『使用禁藥之後』。」

曲名一聽就知道不行！實在太陰暗了吧！我真的不想聽！

「咦？時間快趕不上了，所以終止嗎？噢，好的……」

營運方似乎也覺得不妙，決定取消第二首。

庫庫如果不擴展曲藝風格，今後可能不太樂觀呢。

接著佩克菈登上舞臺。

「好的～各位選手，第一天辛苦了～♪雖然今年同樣傳出醜聞，本來還擔心該怎麼辦，幸好比賽順利舉辦～♪」

連佩克菈都以醜聞當開場白啊……

「而我也沒料到，我恩賜的臨時大學能衝上第二名。今年的比賽同樣讓人目不轉睛呢。當然，我會為我恩賜的臨時大學加油。」

魔王坦承自己偏心的隊伍，這樣好嗎……另外佩克菈如果沒有省略，大學名稱就從『魔王陛下恩賜臨時大學』變成了『我恩賜的臨時大學』呢。

「不論是哭是笑，請各位盡全力釋放想發揮的力量。好，話太多會惹人嫌，所以到此為止吧♪」

還好她是懂得察言觀色的魔王，真慶幸。
「還有，姊姊大人請來我這裡一趟。」
結果她指名我過去！
由於不去不行，我前去找佩克菈。
佩克菈坐在很有魔王風範的溫暖帳篷內，帳篷內設置了桌子，她正在喝茶。
「有什麼事情嗎？我還要開會討論明天的比賽呢。」
身為明天的最後一棒，我的責任還滿重大的。
「其實就是想見姊姊大人一面。」
她還真是直爽呢。
「不過身為妹妹的我，要安排指令給姊姊大人喔。」
佩克菈一邊說著，同時優雅地喝著茶。
「既然是妳安排的指令，我只有不好的預感……實在不太想聽。」
「不過在文件上，魔臨大的教練是我喔～♪」
她這句話讓我驚覺。
「對喔！我們還被佩克菈玩弄於股掌間嗎……」
「噢，不用擔心，不是惡作劇啦。而是很正經的事。也就是──」
佩克菈起身，隨後以手指戳了戳我的肚子。

「——請姊姊大人與別西卜小姐培養友情。」

「啊、啊？」

「啊？」一這個字代表純粹不明白她這句話的意思。

「怎麼可以說『啊？』呢。話說兩位已經認識了這麼久，這樣非常好。但是最近是否太甘於這種關係了呢。因為兩位從以前就認識，是否徹底放心了呢？」

佩克菈露出幾分責備的眼神。

我一點都不覺得自己需要受到責備。

因為認識很久而感到放心，這樣有什麼不好。

「我還是不明白妳想說什麼。」

「別西卜小姐與姊姊大人並未達成過某些大事吧。不，即使嚴格來說是大事，但是兩位的層次很高，因此都輕鬆克服，導致缺乏成就感。說到這裡，姊姊大人應該聽懂了吧？」

呃，我到現在還是有聽沒懂……

「請兩位使出力量，做一件大事吧！最後一棒是姊姊大人，前一棒跑者則是別西卜小姐！以兩人的友情力量締造好成績！」

佩克菈說出相當難為情的事。

「友情……友情……？和別西卜？我的確當她是朋友……可是友情……」
聽到別人以這種方式形容，任何人都會困惑吧。
至少我覺得會說「我們是以友情結合彼此呢！」這種話的人很可怕，不太想和對方結交。畢業之後就音訊全無的人突然聯絡，強迫別人買羽毛棉被時才會講這種話吧。
「看～這不就特別枯燥無味嗎。由於兩位都是成年後才相遇，關係才會平淡如水。缺乏從念書時就認識的那種姊妹情。」
「因為我們不是從念書時就認識啊……」
況且目前已經有了魔臨大學生的身分設定，卻要求我們從念書時就認識，難道沒有矛盾嗎？雖然除了大學以外或許還有其他學校。
「那可不行！感情要更加澎湃才對！」
「今天的佩克菈特別熱情呢……」
「沒錯。我透過好久沒有重看的這本書，明白了熱烈的情感。」
佩克菈拿起放在桌上的一本書給我看。
《兩人的伏魔殿！　上集》
封面是類似女學生的魔族手牽著手，試圖逃出迷宮。
「原來只是受到書的影響嗎！」

「有什麼關係嘛～只要活著，總會受到某些事物影響啊～不論是他人或是書本，都沒什麼差別呀～」

佩克菈嘛起嘴。

這倒是真的，受到書的影響不會比較沒價值。

「知道了啦。我承認受到書的影響這一點。」

「謝謝姊姊大人！那麼明天請和別西卜小姐培育友情喔！剛才姊姊大人已經答應了！」

咦？總覺得好像被迫答應耶……

「等一下，等一下！我可沒同意友情的部分！」

可是佩克菈似乎打算來硬的。

本人心懷不軌打算硬來，我也無計可施。

「我知道姊姊大人難為情！但是友情非常重要！因為友情不包含在姊妹關係中，我也不會有任何怨言！反而會支持兩位！這一點也請兩位不用擔心！」

「我根本完全不擔心！」

「那麼姊姊大人，明天請發揮盡全力的友情喔。這就是我身為教練的所有指令！」

「教練也不會稱呼選手為姊姊大人，並且下達指令吧！」

「這些都是小事。不論幾歲都可以念大學，當然不論幾歲都可以成立大學啊。所

© Benio

以姊姊大人可以當選手，妹妹也可以當教練。」

「這是歪理吧！」

「我不聽姊姊大人的意見！教練要回去了！明天請卯足全力喔～」

話說完佩克菈一離開帳篷，隨即張開翅膀飛走……

◇

話說回來，即使不考慮別西卜，依然在我腦海中留下不少佩克菈說的話。

晚餐地點是學生下榻的旅館餐廳，但連吃飯時間我也一直在思考。

話說回來，我在不知不覺中練到滿級，之後很少有全力達成一件事情的經驗。

我從未覺得凡事都要使出全力，甚至覺得平時的生活只要優哉游哉即可。

如果隨時卯足全力，總會有力不從心的時候。偶爾要出力的時候再拿出全力就好。

當然，有使出全力達成某些目標的經驗，或許是好事。

這種經驗當然有比沒有好。

和某人一起達成目標的感覺也不壞。

反正我和別西卜能拿出的實力是固定的。如果輪到我們之前排名吊車尾，那就沒轍了。一切都要看情況而定。

「唔，小女子的臉上沾了什麼嗎？」

別西卜發現我一直注視她的臉。

「噢，沒什麼事。只是心想，明天背帶要從妳的手中交到我手上」

「沒錯，不需要太過逞強。咱們的存在類似餘興節目，只要在中間名次將背帶交給妳便足矣。」

話說別西卜隊比賽不太熱情呢……

「反正贏了也不會賺大錢。況且還是魔王陛下臨時虛構的大學，因此甚至無法提高大學的名聲。絲毫沒有任何好處可言。」

「不，妳說得太誇張了。」

我反駁別西卜。

而且是在不知不覺中反駁。

「唔……小女子說得不對嗎？」

「基於餘興節目而組成的隊伍的確是事實。可是，今天大家都認真地跑——」

「武史萊也算嗎？她邊跑邊宣傳哪。還有連神明都在傳教。」

梅嘉梅加神「欸嘿嘿～」笑了笑，還抓抓頭。

拜託不要在我認真的時候拆臺好嗎！

「雖、雖然有例外，可是以結果而言，我們以第二名的優異成績抵達折返點呢。到了這一步，不是應該以總冠軍為目標嘛！」
可是明天要跑的蜜絲姜媞與瓦妮雅，卻露出「難說喔～」的表情。
如果連別西卜也算進去，不打算認真奪冠的人反而占多數！
我開始覺得果然沒轍了。
即使受到佩克菈的激勵而燃起鬥志，但這樣可能不像我的作風……
「哎……」
別西卜深深嘆了一口氣。
意思是我才格格不入嗎。
「知道了哪。」
不過別西卜說的話與我想像中不一樣。
「知道了，小女子會盡自己所能。畢竟沒有必要與妳的熱情作對。既然妳這麼說，小女子也奉陪到底。」
啊，別西卜接受了我的提議呢。
佩克菈要我們兩人培養友情，不過在這個當下，我和別西卜可以算是朋友呢。
「謝謝妳，別西卜！」
「但是即使成績不好，妳也不准抱怨啊？去程第二名只能算是出乎意料的好成績。咱們沒有人是跑步專家，被超越是很正常的。」

「嗯，這是勝負關鍵。」

「這樣妳能接受了吧？真是的，咱們要是奪冠的話，反倒是旅站接力賽協會可能會抱怨哪……」

「也對……」

就像藝人隊參加日本的驛站接力賽，而且還得到冠軍。

「反正到時候就可以反駁說，誰叫你們跑得慢哪。」

別西卜抓了抓頭。

她願意順著我的心情努力。

那麼我也拿出全力即可。

其實我也沒有奪冠的把握。但是既然參賽，不拿出全力對其他大學很失禮，對去程締造優秀紀錄的萊卡也很失禮。

◇

隔天，我們這些跑回程的選手便坐上陪跑馬車下山。

分別有一人在接力背帶的地點下車。

我在靠近城下町的最後一區，第五區下車。
附帶一提，營運方還發給我一個小小的盒子。
原來是顯示魔法直播的器具。
『這裡是第一區等待出發的選手們。每一位選手都充滿了幹勁呢。』
還聽得到轉播員的聲音，這已經算是電視了吧！
『本屆第一名與第二名的差距十分接近。第一名的地獄臺業力大學選手起跑五秒鐘後，由魔王陛下恩賜臨時大學的選手起跑。』
連這方面的規則也和日本的驛站接力賽完全一樣……起跑時間為昨天與第一名選手的差距。
代表比第一名晚了兩分鐘抵達終點的隊伍，要等兩分鐘才能起跑。
不過有這臺電視（我就直接稱其為電視了）真是太好了。
如果對戰況一無所知，一直等待別西卜跑來的話很難受，心裡會焦躁不安。
畫面中只見芙拉托緹幹勁十足，不停蹦蹦跳跳暖身。
她應該不會太拚命而飛在空中吧……要是真的飛起來，就會犯規落敗。到時候可要芙拉托緹好好寫悔過書。
即使完全不知道比賽情況能不能滿足佩克菈的指定，還是全力以赴。
畫面中的第一名選手開始起跑。

隔了幾秒鐘後，芙拉托緹也起跑。
一起跑，她就拔腿狂奔。
「即使已經預料到，但她完全不考慮步調！」
她想拚盡全力，能跑多遠算多遠嗎。可是路程應該有二十公里，她哪來那麼多體力啊……？
『各位觀眾！在下坡之前的前段上坡賽道，第一名馬上就換人了！芙拉托緹選手像是自暴自棄一樣狂奔！』
連轉播員都以自暴自棄形容。畢竟她的速度快得像短距離賽跑……
沒多久芙拉托緹進入漫長的下坡道。
這時候發生和昨天似曾相識的場景。
『哇哇哇！停不下來啦！完全停不下來！』
傳來芙拉托緹的聲音……
看，誰叫她用跑的衝進下坡嘛！
芙拉托緹不僅沒有累趴，反而不斷加速。
『原以為她會在平坦處停下來，結果竟然朝下坡猛衝！』
代表她對跑到一無所知……真的只有幹勁而已……
『各位觀眾！魔臨大的芙拉托緹選手進入下坡後，進一步大幅提升速度！逐漸拉開與第二名的差距！』

似乎連轉播員都感到驚訝。

她的速度的確算是暴衝。應該只是單純地煞不住車吧……

『可是前方道路會變窄，還有沿著山崖跑的路線。以她的速度能轉過彎嗎？』

真的耶，眼看道路愈來愈窄。

希望她別摔下山崖……

畫面中只見到芙拉托緹，她似乎與第二名拉開了相當大的差距。

然後芙拉托緹——

『芙拉托緹選手轉不過彎！』

衝出了面前的急彎道。

只見她將懸崖當成跳臺般，縱身跳了出去。

「真的掉下去了！」

我抱著頭煩惱。

看來只能棄權了吧……連轉播員都說魔臨大完蛋了。

『哦，各位觀眾稍等一下。芙拉托緹選手並未棄權！』

聽到轉播員的聲音，我再度看向電視。

畫面中見到芙拉托緹滿不在乎地奔跑。

『那點程度的高度不算什麼！』

『芙拉托緹選手竟然直接在山崖下的賽道上繼續跑！剛才應該有不小的高度，她竟然平安無事！反而變成了大段捷徑嗎？現在收到營運方的聯絡。由於並未在空中飛行，所以沒有違反規則。抄捷徑獲得承認了！』

芙拉托緹也太強了……

由於她拉開超大差距，原本應該跑在她後方的陪跑馬車也不見蹤影。

就這樣完全進入平地區後，芙拉托緹將背帶交給回程第二區的蜜絲姜媞。

「來，拿去！」

『竟然是第一名捏……責任重大捏……』

之後鏡頭暫時停留在跑完的芙拉托緹身上，轉播員一直報導區間新紀錄。這件事似乎也有告知芙拉托緹，像是採訪員的魔族正在開口。

『新紀錄？太棒了！我芙拉托緹贏啦！』

芙拉托緹似乎還很有精神，天真地感到開心。她的體力多到用不完呢……純論體力的話，說不定比萊卡還強。

『成績有大幅超越萊卡吧？不對，區間不同沒有關係，告訴我誰的成績比較好！』

她果然滿腦子只有與萊卡較量……

採訪員詢問芙拉托緹，這次的戰術是否早在她的計畫中。

『戰術？藍龍才不會這麼大費周章地想戰術。不論擬定多少戰術，時候未到的話不知道就是不知道。所以才不會擬定什麼戰術。』

真是太有芙拉托緹的風格了……

採訪員接著改問扭轉差距，贏得第一名的時候有什麼感覺。

『如果有人跑在前面，就先超越再說。這樣而已。不過其他人都跑不快呢，跑步方式好像在保存體力。』

嗯，一般而言會保存體力賽跑……

『不使出全力跑的人才是笨蛋。所以我芙拉托緹才會得第一！』

不使出全力跑的人才是笨蛋——是嗎？

隨時全力奔跑與卯足全力應該不一樣，不過這句話留在了我的腦海中。

「我也得盡全力跑，否則很難看呢。」

接下來畫面切換至松樹妖精蜜絲姜媞。

由於芙拉托緹與第二名大幅拉開差距，她獨自一人默默地跑。

不過號碼牌的模樣有些怪異。

魔臨大
為您規劃回味無窮的結婚典禮
蜜絲姜媞神殿同樣
支持各位魔族的結婚典禮

果然加上了宣傳字樣……這種程度的宣傳還可以接受吧。

蜜絲姜媞不停對沿途揮手。完全在打廣告呢。不過她本來腳程就不快，無論如何也無法維持芙拉托緹拉開的差距吧。

不過接近漂白湖的時候，我又發現了怪事。

湖畔有許多松樹，每一棵松樹上都掛著布條。

為您規劃回味無窮的
結婚典禮
蜜絲姜媞神殿
蜜絲姜媞神殿同樣
支持各位魔族的結婚典禮

「居然利用了松樹！」

『哦，所有松樹上都掛著相同的宣傳標語，是宣傳結婚典禮呢。在如此強烈的宣傳攻勢下，反而讓人更不想找她了，各位觀眾怎麼看呢。』

連轉播員都口無遮攔。我明白他的心情。

宣傳標語延續到暫時沒有松樹的細長沙洲。

在沙洲賽道即將結束之際，第二名的地獄臺業力大學，第三名的蛇尾雞藥科大學選手逐漸接近。

意思是離開沙洲後，要在道路變寬的地方一口氣超越吧。

第二名與第三名開始採取行動。

雖然我也認為蜜絲姜媞很努力，但這樣算是極限了吧。

可是比賽又發生了異狀。

樹木倒在第二名與第三名選手的面前，堵塞了道路。

沿途的松樹居然倒了下來！

而且倒下的全都是蜜絲姜媞身後的松樹，只有蜜絲姜媞不受影響。

「顯然在使用松樹妖精的力量！」

第二名與第三名的選手都遭到松樹擋道，猶豫要直接跨越還是繞道。好賊的手法。

陪跑馬車也出現在畫面中，傳出萊卡「蜜絲姜媞小姐，請堂堂正正地跑！」的聲音。

『這樣算不算犯規？該怎麼認定呢……』

連轉播員都感到困惑……魔臨大再度陷入犯規危機。

光是要經過評審裁定，身為參賽隊伍就相當糟糕了。

『這個……使用妖精的力量不在禁止事項內，所以沒有問題。看來對跑在後方的選手相當麻煩呢。』

太好了……沒有因為犯規而落敗。

不過第二名與第三名選手即使損失時間，依然超越了蜜絲姜媞。

老實說，他們超車我反而鬆了口氣。蜜絲姜媞剛才的手段幾乎等於犯規。

即使退到第三名，蜜絲姜媞依然沒有離譜的落後，將背帶交給瓦妮雅。

採訪員同樣詢問蜜絲姜媞。

『哎呀，純屬偶然捏。只是松樹偶然倒下來而已捏。因為樹根很難抓住沙地，才會發生這種事吧，不算犯規捏。我不知道捏。若是犯規的話，不就喪失資格了捏？既然沒有喪失資格，代表沒有犯規捏。啊，可以不要拍我的臉嗎？請不要拍我的臉捏！』

第一次聽過不想在鏡頭前露面的選手耶。

第三區的瓦妮雅差點追上第一名和第二名選手，但還是逐漸被甩開。普通人（雖然她是利維坦）和職業選手果然有差吧。

另外第二天也進入了後半段賽程，第一名與落後隊伍的時間逐漸拉開差距。

然後畫面切到中繼點。

由於跑者尚未抵達，落後隊伍的選手十分焦急。

『各位觀眾，永恆沙漠大學的克立翁累選手尚未抵達中繼點。再這樣下去就無法接力肩帶，得提前起跑了！』

即使不是驛站肩帶而是背帶，依然有提前起跑的概念啊。

其實我也不太清楚。但似乎是時間差距太大，即使前一名跑者尚未抵達，也得提前出發。

『永恆沙漠大學的克立翁累選手出現在中繼點前方了。來得及嗎？他看起來很辛苦，背帶能交棒嗎？剩下五秒！可能有點來不及！三、二、一，出局！』

這一瞬間，沒接到背帶的下一位跑者起跑。

——同時沒能接力背帶的選手，身上有東西爆炸。

我眨了眨眼睛看著畫面。

倒地的魔族臉部焦黑。

『這應該是各位旅站接力賽的粉絲都知道的事實。一旦背帶沒有接力給下一棒，背帶上的爆炸魔法就會啟動。背帶是種子選手權的證明，這代表明年的種子選手權也隨之消失，真是嚴格又殘酷的世界啊。』

真是殘酷！一點都不留情！

『不過接受這種殘酷規則的是主辦團體與我們粉絲。畢竟我們內心深處存在慾望，想看到沒能接力背帶而崩潰大哭的選手。我們魔族的心中都隱藏著殘暴性格。希望我們都能面對自己心中殘暴的一面。各位觀眾，今天第一座祭品的學校是永恆沙漠大學！』

魔族的世界果然很可怕……

『不過只差臨門一腳，真的很可惜。如果松樹沒有倒下，不需要繞路的話，應該能勉強將背帶接力給下一棒。運氣真是不好。』

蜜絲姜媞的影響竟然在這裡發揮作用！

『哦，我們收到來自回程第二區的聯絡。倒下來擋住道路的松樹再度站起來了。自然的力量還有許多謎團呢。』

啊，原來不是松樹枯萎啊。松樹妖精畢竟不會害松樹枯萎呢。雖然即使不是枯萎，妨礙其他選手就讓我覺得很過分了……

接著畫面再度回到前頭。

第一名是地獄臺業力大學，第二名是蛇尾雞藥科大學。第三名目前還是瓦妮雅，但好像還是很辛苦。

其他大學的選手再度超越了瓦妮雅。

萊卡與悠芙芙媽媽從陪跑馬車加油，但瓦妮雅似乎也很難受。

『瓦妮雅，妳還能跑得更快吧！加油！』

沿途傳來熟悉的聲音。

法托菈揮舞寫了瓦妮雅名字的旗幟加油。

『接下來才是重點，妳可以的！可以反超別人的！』

法托菈為了妹妹，如此賣力地吶喊啊。

「還差一點，瓦妮雅！還差一點點！」

我也忍不住對畫面喊，雖然她根本聽不到。

瓦妮雅拍了拍腿，再度往前方衝刺。

跟在剛才超越自己的選手身後。

第三名的選手迅速踢出一腳。對喔，是可以害別人摔倒的。

不過利維坦不愧是高階魔族。

瓦妮雅回敬一記迴旋踢，一腳踹飛第三名的選手。

然後瓦妮雅這次拍了拍手臂，露出『怎樣啊～』的表情。意思可能是她比對方的本領更強吧。

『第三名的咒法大學選手摔倒！魔臨大的瓦妮雅選手再度晉升第三！』

「好！踢得漂亮！」

連我都受到可以用腳踢的規則毒害了。

有如打倒一人般地讓心情好轉，瓦妮雅接下來跑得十分順利。畢竟是體育競賽，心理層面也很重要。

保持第三名的瓦妮雅將背帶交給別西卜。

『這條背帶很重呢……』

『第三名嗎，還不錯哪……不知道能否發揮以前跑步的速度……』

第四區的別西卜起跑。

如果再稍微縮短一點差距，還有可能逆轉勝。

當然，別西卜的表情看起來不太在乎排名。

她明顯跑得十分認真。並非放鬆力氣，當成工作一樣執行。而是為了盡快將背帶接力給最後一棒的我。

沒錯，既然確定要參加，沒有盡力的話就太可惜了。

陪跑馬車的聲音也聽得很清楚。有萊卡，以及今天第一區的芙拉托緹。

『距離沒有遠到讓人死心！請以第一名為目標！』

『這樣的距離還可以超越！展現大臣的力量吧！』

『還用妳們說！小女子會想辦法！這是幾百年來最認真跑的一次！』

不過畫面迅速切換到第一名與第二名之爭。畢竟整體而言那邊更重要。別西卜的身影只有在剛起跑後才出現。

第四區的第一名與第二名都是長了類似鹿角的魔族。腿十分修長，看起來速度很快。兩人的差距不大，只要第二名提高速度，就有機會追上。

這時候，發生了旅站接力賽特有的現象。

第二名的蛇尾雞藥科大學選手追上第一名的地獄臺業力大學選手，從後方絆對方的腳。

大概想讓對方摔一大跤，直接超車吧。

地獄臺業力大學的選手腳步踉蹌。

但是這名選手並未笨拙地倒地。

而是成泰山壓頂之勢，倒在剛才絆倒自己的選手正上方！

意思似乎是你也別想繼續跑。

以其人之腿技還治其人之腿技。

『第四區的暴君與第四區的鬣狗彼此交鋒！好精采的比賽！』

連別名都好凶惡……

不過第一名與第二名的較量，讓第三名的別西卜有可乘之機。

從第一名與第二名的畫面後方隱約顯示別西卜的臉。

「追上來了！有機會，有機會！」

我開口大喊。

見到第三名的別西卜追上來，第一名與第二名可能也覺得不妙，再度認真地跑步。畢竟繼續糾纏下去，總會被別人超越。

但是別西卜堅持不被甩開，緊咬在後。而且還不斷縮短距離。
別西卜留著汗水，同時使勁揮動手臂。
不愧是高階魔族，雖然缺乏高階魔族的優雅……該說是不屈不撓嗎，有種鍛鍊出來的頑強。
『亞梓莎，小女子已經這麼拚命了，妳要是不好好跑就不饒妳！妳的名次可不准比小女子更落後啊！』
別西卜大喊。
明明沒有接近到聲音能直接傳達，卻彷彿聽見她親口說出。
我當然會努力跑。被迫做自己不喜歡的工作很鳥，但既然自己決定要跑，不論多累都能忍耐。雖然……說不論多累是誇張了些，但我會在能力範圍內盡力。
這時候，轉播畫面傳來這樣的聲音。
『別西卜小姐，加油喔～』
唔，這聲音是……
『勝利與光榮就在眼前。』

『動物擅長跑步呢。好好加油吧。』

是法露法、夏露夏與桑朵菈的聲音！我不可能聽錯。

但她們不在沿途，究竟在哪裡？

原來在空中。

三人乘坐飛龍幫別西卜加油。

法托菈也騎在同一隻飛龍身上，應該是她的戰術吧。是連我都完全沒聽過的驚喜。

那麼對別西卜而言應該也是驚喜。

『小女子獲得勇氣啦！沒有什麼好怕的！』

別西卜露出非常燦爛的笑容，使勁踱地。

她現在明顯幹勁大增吧……有夠現實……

『為了女兒，非跑不可！』

「就說不要喊女兒了啦！」

眼看別西卜從差距微小的第一名與第二名後方追了上來。

第一名與第二名也瞄了一眼後方，提高速度。

看來混戰會比想像中激烈。

『喂！小女子要展現自己的英姿，所以讓開！小女子不知道你們背負著什麼而跑，但肯定不是為了女兒吧！背負的事物意義可不一樣哪！』

不要再認女兒了啦！

話說別西卜的跑步氣勢十足。

沒有被前兩名甩開，緊跟在後。

雖然有些加油會成為壓力，但剛才的加油像是純粹化為別西卜的力量。

第四區的跑者終於出現在我的眼中。

第一名還是地獄臺業力大學，第二名則是落後一點的蛇尾雞藥科大學。第三名則是在後方不遠處的別西卜，她已經大幅縮短了起跑時的差距。

有逆轉奪冠的可能性。一切都看我跑得如何。

某種程度上，我背負著非常重大的責任而跑……

「拿去拿去！小女子已經盡全力了！亞梓莎，既然妳之前說了大話，可得使勁跑啊！」

「我當然知道！妳都跑得這麼努力了，我當然不能鬆懈啊！」

我從別西卜手上接過背帶，背在肩上。

「哇……這真的很沉重呢……」

好像冠軍腰帶一樣。

「別抱怨了，快跑！跑到范澤爾德城下町的終點！」

我以不會累垮的程度下，發揮最高速度起跑。

背帶很沉重，但我的身體很輕盈。

與其說等級高，應該因為身體是十七歲。而且我一直過著健康的生活。

現在要追還太早。先看著第一名與第二名的背影前進吧。

身後還傳來陪跑馬車由遠而近的聲音。

「亞梓莎大人，速度不錯！這樣就不會被甩開了！」

萊卡的聲音清晰地傳來。

「前半段維持這樣即可！以現在的速度，在過半之前應該可以超越第二名！」

第一名和第二名的確逐漸拉開差距。與其說第一名超車，更像是第二名開始減慢。

第二名的蛇尾雞藥科大學的背影愈來愈大。

另外該名選手背著一個尖刺特別多的龜殼。

背著龜殼不是對賽跑很不利嗎……？不過既然對我有利，那真是太好了。我可就不客氣囉。

對方似乎也覺得這樣下去不行，不時偷瞄我加以確認。

看來他似乎打算使出腿技。到了回程第五區，我已經理解這是戰術的一環了。習慣真是可怕。

可是我不知道怎麼躲避耶。如果他真的出腿一踢，我躲得過嗎？

第二名有尖刺的背愈來愈接近我。對方顯然刻意放慢了速度，我往側面移動，對方也同樣擋在我面前。

然後第二名的選手迅速踢出一腳。他看準了我難以用跳躍躲避的時機！

變成我的腿直接踢到對方的大腿。

傳來沉頓的『巴嘎』一聲。

結果第二名的選手直接往前摔倒……

沿路傳來「魔臨大，踢得漂亮！」的讚美聲。

「因為我的攻擊力很高，才會這樣……」

可是對方自取滅亡，我才不管。畢竟我可不是看準了踢他的……

「主人，做得好！踹倒對方吧！」

陪跑馬車還傳來芙拉托緹的加油聲。踹倒這種形容詞還真適合旅站接力賽……

不過沒有大幅損失時間，沒差。反而等於少了一名對手。

好，剩下一人。

是地獄臺業力大學的貓耳獸人。尾巴晃得特別起勁。
我稍微提升速度。
維持可以在最後一舉超車的距離。如果我因此耗盡力氣，就到時候再說。
感覺沿路傳來的聲音愈來愈大。畢竟連最後的回程第五區都上演第一名爭奪戰，加油的觀眾自然也會變多。
不久後，城下町的超高聳城牆逐漸逼近面前。
終於回到范澤爾德城下町了。到了這一步，我可要贏得冠軍。至少我要以這種心情賽跑！
感覺到汗水順著臉頰滑落。不論等級多高，一直奔跑還是會累。不過沒有累到動不了，腳步穩健地向前邁出。或許可以稱之為舒暢的運動。
還有這麼一來，追在後頭的人在心理上也比較強勢！
但是對方也是專家，逐漸提升速度檔次。
感覺又要被對方甩開了。唔，由於不習慣賽跑，難道對我比較不利……？我根本不知道該在哪裡衝刺。
「有機會喔！可以喔，可以喔！真的有機會！」
這聲音是!?
沿途設立了一座臨時高臺，佩克菈站在上頭。

「有機會，有機會喔！加油，加油！⋯⋯⋯⋯啊，是真的在為所有在跑的選手加油，並非以魔王的身分支持特定隊伍。所以我也沒有說出隊名。哎呀，我還是魔臨大的教練，所以可以直接幫姊姊大人加油嗎？」

無所謂。因為我已經覺得是在為我加油了！

其實這個時候，我產生一股非常難得的感覺。

我有多久沒有全力以赴，或是以某種事物為目標了？

至少在滿級之後，可能就沒有挑戰過極限。畢竟可能在戰鬥等情況中造成對方重傷⋯⋯

不過這一次是體育活動。彷彿終於獲得了挑戰的權利。

我的腳還很有精神。嗯，沒有抽筋等異狀。意思是腳力也受到滿及強化了嗎。

一進入城下町，加油的人和觀眾也愈來愈多。

不過我確實目睹到。

「媽媽，媽媽！」

法露法的聲音首先傳入我的耳中。

彷彿法托菈送回來的三個女兒——哈爾卡拉與羅莎莉站在沿途的前方。

還包括不死族的朋德莉、諾索妮雅等魔族世界的居民。

據說如果選手在奧運中受到過多期望，精神會承受不住。一次拚輸贏雖然也有這

種可能性，但我不會現在才突然焦急而導致肌肉僵硬。

可以純粹轉換為幹勁。

「嘿！」

我大喊一聲，不斷往前衝。我有目標，就是第一名的選手。我的視線緊盯對方，擺動手臂。

只要朝目標奔跑，除非目標逃跑的速度更快，否則距離就會縮短。

嗯，如果清晰可見努力獲得的回報，就很有激勵性呢。

我逐漸縮短與第一名的差距。

還有，陪跑馬車也不斷傳來聲音。

「還不趕快超越對方！如果沒得到第一名就和妳沒完！」

別西卜說得沒錯。

我可不要在第一名伸手可及之處放棄。

「明天肌肉痠痛也無妨，我要再快一點！今天有多拚，明天就可以盡量放鬆！」

我不斷朝前方衝刺，終於掌握到目標。

與對方並駕齊驅——然後迅速超越！

好，我現在第一名了！

當然，剛才第一名的貓耳選手肯定不會讓我甩開。

他應該也會伺機踢我。
但我不會讓他得逞。
我一口氣加速，甩開他。
奪冠的會是我們的隊伍，不好意思，別跟上來。
我進一步衝向前方。比超越對手時的氣勢更強。
「或許我們是一隻耍寶隊伍，但既然參賽就會認真挑戰，這樣才合乎禮節吧！」
背帶很重，但我現在不在乎。
反正只有今天才背。
好，已經逐漸看見終點了。
當然，拚命的不是只有我而已。
落到第二名的地獄臺業力大學再度追了上來。
不知道他叫什麼名字，但即使是對手，還是很厲害的嘛。
現在就是比拚誰能堅持了！
我以超強力量一蹬地面。
地面頓時凹陷。
取而代之，我獲得推進力後縱身一跳。

「衝呀！」

老實說，我覺得自己身體飄得太高了。高到懷疑自己是不是真的在飛。

對喔，因為我要縱身一跳，才會變成這樣……

啊，我可沒有在空中飛喔？真的只是跳躍喔？如果因此犯規落敗，那可不是開玩笑的，所以我要堅持這一點。

冷汗直流的同時，我緩緩降低高度。

如果直接落地，會不會雙腳發麻，沒辦法立刻繼續跑呢。但已經太遲了，到時候再想！

然後我的身體——在落地的瞬間，碰上了某條細長的白布。

「這是什麼啊？啊，該不會……是衝線帶？」

我以有點麻麻的腳，伸手撿起細長的布。

同時耳邊響起前所未有的歡呼聲。

還聽到好幾個「抵達終點！」的聲音。似乎果然是衝線帶。

「我贏了……贏了沒錯吧？」

可能因為以奇怪的方式衝進終點，我依然缺乏實際感覺。另外我意識到自己有認真跑，但是以第一名通過終點的方式和我的想像幾乎不一樣，可能也是原因之一。

不知道該不該站在原地，所以我繼續往前進。走了一段路後，陪跑馬車在超越我的地方緩緩掉頭，然後停下。

「太棒啦！」

別西卜飛在空中，朝我衝過來。

不過與其說我沒有體力接住她，應該說缺乏精神力。畢竟我剛才發揮全力，現在接近放空狀態。

「唔哇！」

沒能承受別西卜的力道，我直接跌坐在地上。

「怎麼啦，亞梓莎。現在這麼沒力啊。」

我被她騎在身上，聽她隨口吐槽。

「有什麼辦法，我也會發呆啊……」

「不過剛才算是妳的全力衝刺吧？看起來並不像適可而止哪。」

別西卜一臉笑咪咪。

「既然規定非跑不可，如果沒有認真跑，就算是違反規則。這並未牴觸我的生活方式。反正我也沒有為了這一天而一直鍛鍊身體。」

悠哉度日不代表會對任何事情放水。
「何況別西卜妳也展現了猛衝的英姿啊。」
我也主動回她。
別西卜跟著難為情地面紅耳赤。
「小女子也只是盡責罷了！有什麼好害羞的！」
「總之，剛才跑得很漂亮，別西卜。」
我伸出手來。
「哼，亞梓莎妳也滿厲害的哪。」
別西卜同樣回握我的手。即使她依然維持騎在我身上的奇怪姿勢，不過沒差。
接著又有身影撲向我的身體。
是芙拉托緹朝我衝過來！
「恭喜您，主人！」
哇！這根本就是摔跤的泰山壓頂吧！
連芙拉托緹都壓在上頭，有點重耶。
另外別西卜似乎被夾在中間，忍不住抱怨。
反正沒有在旅站接力賽中被踢一腳那麼痛。

大約一小時後。

我們走上頒獎臺。

有骷髏符號的凶惡獎章掛在我們的脖子上。與其說冠軍隊伍，更像犯罪集團。

即使是急就章的隊伍，但還好贏得了冠軍。芙拉托緹還開玩笑地咬了咬獎章。似乎任何世界都有這種舉止。

◇

武史萊小姐說「可以在道場的招牌上追加『隸屬旅站接力賽冠軍隊伍』的頭銜了。」雖然似乎與道場傳授的內容無關，但她的作風就是能利用就不放過。

頒獎典禮結束後，佩克菈再度上臺。

「哎呀……沒想到我恩賜的臨時大學竟然能奪冠呢……我也反省自己是不是做得太過火了……該說是失算嗎……？」

我不是不明白她的心情。某種程度上讓長時間練習的隊伍顏面無光……

「不過反過來說，旅站接力賽原本的參賽隊伍要更加專注才行！要回歸初心，思考該如何才能縮短時間。或是與其攻擊敵方隊伍，是不是跑在前面更有優勢！」

反而利用說教打迷糊仗嗎。這一招也行。

「還有一件事。」

佩克菈看了一眼我們隊伍。

「我恩賜的臨時大學似乎也培養出友情了，這一點很不錯。」

別西卜難為情地搔了搔臉頰。

嗯，如果說羈絆的話，會一下子聽起來很可疑。但我們是從一支隊伍，可以建立彼此信任的關係。

「總而言之，各位都辛苦了。真是太好了，本屆旅站接力賽是我記憶中最有趣的一屆。還有幾支隊伍沒能接力背帶而爆炸。」

原來這是常有的事啊……

當然，佩克菈也露出燦爛的笑容，代表這樣似乎不錯。

「另外，今天的轉播影片在我的頻道現場直播，不過明天開始也看得到。所以各位，請訂閱我的頻道喔～♪」

不要在自己的直播頻道獨占影片啦！

「也別忘了按下高評價的按鈕喔～♪」

還增加了以前沒有的功能！

「那麼現在，我恩賜的臨時大學就此廢校。」

魔臨大沒啦！

暫時成為大學生的我們也跟著恢復原本的身分。

佩克萊走下頒獎臺後，別西卜向我開口——大概是剛跑完的時候還沒說夠。

「竟然能獲得這枚獎章，真是開心哪。」

「因為妳拚命地跑，我也不能輸給妳啊。」

我們彼此擊掌慶賀。

即使三百歲也可以做些很青春的舉動。

「明天帶薪休假，小女子要在家裡偷懶一整天哪。」

「那我也拜託佩克菈在城堡過夜，悠哉一點吧。」

我有權利讓教練慰勞我吧。

希望不會肌肉痠痛。

「小女子就知道妳會這麼說。女兒們就先待在小女子家，妳儘管放鬆吧。」

「原來妳不是要在家裡偷懶啊……話說妳又叫女兒去妳家，這才是妳的目的吧！」

不過想休息一下的確是事實，等放鬆後再回高原之家吧。

但是旅站接力賽還剩下最後的節目。

庫庫走上舞臺。

「各位辛苦了。最後由我為各位演唱旅站接力賽的官方主題曲。」

糟糕！要播那首曲子了！

結果灰暗的「候補人生」響徹整座會場。

© Benio

於是我們在低落的心情下離開。
拜託魔族挑選主題曲的時候仔細一點。

完

紅龍族女學院
持續狩獵史萊姆三百年，
不知不覺就練到 LV MAX
—外傳小說—
Morita Kisetsu
森田季節
illust. 紅緒

明明因為緊張而輾轉難眠，卻在一如往常的時間醒來。

吾人下床後，脫下身上的睡衣換上事先準備的制服。這是吾人人生中的第一件制服，不對，確認尺寸時也穿過一次。總之，制服穿起來有一點緊。

這時候，傳來咚咚的敲門聲。

「醒了嗎，萊卡？我可以進去嗎？」

「是的，姊姊，請進。」

吾人回應後，房門隨即開啟，穿著睡衣的姊姊站在門口。

然後下一瞬間，接近到吾人身旁，緊緊摟住吾人的身體。

「啊～！好可愛，好可愛喔！穿制服的萊卡真是可愛！」

紅龍族的動作極為敏捷。何況姊姊還是學生會長，普通的紅龍族連肉眼都很難追上她的動作吧。吾人也無力抵抗，暫時任憑姊姊擁抱。

「嗯嗯！頭髮長度要是和我差不多，應該會更適合制服。從現在開始期待囉～下次可以試著綁麻花辮嗎？我最喜歡幫別人綁頭髮了！」

「蕾拉姊姊，雖然紅龍族很耐熱，但還是熱得很難受……還有，您還穿著睡衣嗎？」

吾人沒有一一說明，不過姊姊的問題不只是身穿睡衣，長髮也多少有些亂翹，真的像是剛剛才起床。

「沒關係啦，快出門之前再換沒關係。反正吃早餐時也有可能弄髒制服吧？這樣才合理啊。」

「吾人明白姊姊想說什麼。不過對於起床後立刻先換衣服的吾人而言，究竟有什麼建議呢？」

「因為萊卡是新生啊，新生必須保持從容才行。我以前剛入學的時候，連在家裡的行動都更規律呢。」

「意思是現在並不規律吧。」

「雖然特別囉嗦，但其實妳也有不足的地方喔。」

姊姊放開吾人後，這次稍微幫吾人調整了制服的領結。

「嗯，這樣就好了。領結的長短很難調整呢。」

「原來剛才偏了嗎……畢竟是第一天，似乎還沒習慣呢……」

「有可能是剛才我摟著妳，才會歪掉吧。」

「那不就是姊姊造成的嗎！」
「萊卡，身為學生會長如果一直循規蹈矩，身體會變得僵硬，導致無法變成龍型態喔。休息是必要的。」
在吾人面前微笑的姊姊，已經露出大家（似乎）嚮往的學生會長表情。
實際上無從得知姊姊是否受到大家的憧憬。由於吾人尚未就讀女學院加以確認，姊姊有可能只是在誇大其辭。
——不過看到現在的姊姊，倒也可以相信她。
姊姊具備大人物的氣場。
「吾人也明白休息很重要。如果缺乏休息，肌力與學力也無法在體內扎根。過於極端使用身體不僅無法提高能力，也會缺乏持續性。」
「果然很僵硬呢～僵硬到簡直不像我的妹妹呢。」
姊姊無可奈何般呵呵笑。
「真要說的話，是因為吾人看著蕾拉姊姊長大，才會變成這樣。」
「好啦好啦。也向爸爸和媽媽展現一下正裝吧。」
然後姊姊繞到吾人的身後，從身後推著吾人前往餐廳。
接著在餐廳被雙親好好調侃了一番。
「哎呀呀～好可愛～」「嗯，制服很合身啊，萊卡。」

雙親十分開心，但吾人一直覺得難為情。

總之就當成人儀式，放棄掙扎吧……畢竟並非今後天天都會像這樣受到調侃。

另外早餐的肉排有兩龍分，真是高興。聽說是當成入學典禮紀念。另外聽說以人類世界而言，兩龍分大約為二十人份。

附帶一提，在吾人出門前五分鐘，姊姊手腳俐落地準備後，已經換上整齊的高年級制服。

睡亂的頭髮也梳得很整齊，長髮與單點式的髮夾十分好看。

「怎麼樣？很像學生會長吧？」

吾人也對姊姊大幅改頭換面驚訝地瞠目結舌，但是又不願直接誇獎——

「過於自讚自誇並不是好事。」

「妹妹對姊姊真是嚴格呢。」

姊姊聽了便誇張地垂頭喪氣，嘆了一口氣。然後像是連續攻擊般拉了拉吾人的手。吾人身體失去平衡，差一點摔倒。

「姊姊，突然攻擊很賊喔！而且還是在上學之前。」

「所以才說要上學了啊。來，走吧。」

姊姊使勁拉著吾人的手。

如果呆站在原地又會摔跤，所以吾人老實地朝姊姊走一步。

「入學典禮當天，高年級不是要晚一點到校？」

其實吾人本來想獨自上學……

「學生會由於要歡迎新生，必須提早抵達才行。感謝姊姊吧。」

吾人實在不太想感謝姊姊，因此並未回答便走出家門。

今天，吾人將進入紅龍族女學院就讀。

◇

有幾名住在遠方的龍族在空中飛舞，使得大晴天卻出現陰影。

吾人住得距離女學院很近，可以保持人型上學。反正還是得以人型進入校舍。

若以能容納龍族的規模蓋建築物會太過昂貴，因此龍族平時都變成人的模樣生活。不同龍族習慣各異，但大多數龍族似乎都以人型生活。

「哦～新生都不斷朝女學院前進呢。」

姊姊仰頭看著龍族們。

「一眼就能看出誰是新生嗎？」

「可以啊。新生的飛行方式比較拘謹，整體而言較嬌小。」

「哦～」

吾人不太與姊姊說話。
原因也是因為與姊姊一起上學，讓吾人感到憂鬱。
但是吾人也懶得說明原因，因此將書包置於前，以時速約十五基爾洛的速度快步前進。由於平時吾人也不會主動親近，姊姊似乎也不覺得有異。
眼看上坡變得愈來愈陡。
女學院位於洛可火山六成高附近的大型窪地，所以中途會很陡峭，有些地方必須拉著釘在岩盤上的鏈條爬上去。以人類而言非常困難，但是對龍族則是小意思。
隨著接近女學院，吾人憂鬱的原因也愈來愈多。
「蕾拉姊姊，早安。」「蕾拉姊姊，您今天同樣神采奕奕呢。」「學生會長，您早啊。」
沒錯，因為學生們紛紛向姊姊打招呼。
今天高年級的上學時間明明較晚。可是一來到女學院附近就因為各種原因，遇見提早上學的高年級……
「各位早安。入學典禮的天氣這麼好，我身為學生會長鬆了口氣呢。最高年級同學畢業雖然很寂寞，不過大家還是全體出動，歡迎新進的同學們吧。」
姊姊表情瀟灑，完美無缺地回答眾人。
現在姊姊的模樣，完全就是模範級的學生會長。

正因為知道穿睡衣，一頭亂髮進入房間的模樣，甚至對姊姊的改頭換面感到不舒服。

某種程度上，差異比龍型態與人類型態的變身還要大吧。

當然，如果只是看見姊姊的擬態，吾人還可以忍耐……

「哦，這一位是妹妹嗎？」「真的好可愛呢。」「真羨慕姊姊是這麼優秀的學生會長。」

還是躲不過嗎……

理所當然，和姊姊一起上學的吾人也受到眾人的注目。

若是自己做了什麼事，成為眾人目光的焦點也就罷了。但是吾人不喜歡受到上下打量，只因為自己是學生會長的妹妹……

「這個……吾人名叫萊卡……有、有所不周，還請各位多多指教……另外，姊姊一直受到各位的照顧……」

總之吾人先打招呼回應。畢竟不能無視他人。

「好可愛！」「受到姊姊的影響嗎，真是有禮貌呢。」「不敢當，我也一直受到學生會長的照顧呢。」

光是打招呼，就獲得相當多回應。

唔……這樣簡直像受到豢養的寵物嘛。拜託不要這麼在意吾人好嗎……

連即將參加入學典禮的其他新生也注意到回應。

「聽說她就是學生會長的妹妹。」「學生會長果然神采飛揚呢。」「我家的邋遢姊姊差太遠了。」

好想現在飛去火山內的洞窟躲起來……連吾人都知道自己面紅耳赤……

「萊卡，可以更大方一點沒關係。沒什麼好害羞的。」

姊姊拍了拍吾人的肩膀。

「做不到啦……吾人是新生，缺乏可以大方的實際成績。要是大大方方，豈不就是夜郎自大的蠢人嗎……」

似乎也有人表示，姊姊是學生會長很好，但根本沒有這種事。

這是枷鎖。吾人身為學生會長的妹妹，才會受到許多人的特別關注。

要是有任何地方不足，就會有人說閒話，認為吾人比學生會長差勁。

無論如何都要擺脫姊姊的餘蔭——不對，姊姊的陰影才行！

吾人挺直腰桿，走得比剛才更快。

「姊姊，吾人已經知道女學院怎麼走，所以先走一步了！」

現在必須離開姊姊。

身後傳來姊姊的聲音，但吾人已經事先告知，所以不需要在意。而且若是繼續像剛才那樣和姊姊的朋友打招呼，根本就到不了女學院。

可是過了幾分鐘後，吾人一瞧身旁——

只見姊姊一臉不在乎地與吾人並行。

真是奇怪。吾人明明已經集中精神，加快了腳步……

「妳太著急囉，萊卡。」

姊姊緊緊握住吾人的手。

「原來姊姊從剛才就跟在吾人身邊……吾人甚至完全沒有注意到。」

對於吾人先走一步，姊姊完全沒有意見。僅僅面露笑容。

「反正又不是快遲到，就優雅地不流一滴汗，前往位於六成高的女學院吧。否則就和粗暴的龍族一樣囉。」

哎，吾人已經明白，姊姊現在的舉止已經完全是學生會長蕾拉。

「嗯，吾人會注意的。」

低頭的同時，吾人心想。

果然，吾人只能成為不輸給姊姊的優秀龍族。

吾人當然知道這是相當嚴苛的道路。

這是唯一從鬱悶的心情通往自由的方法。

女學院是宛如神殿的壯麗建築，彷彿牆壁和梁柱本身閃閃發光。

校舍前方的前庭也十分漂亮。刻著龍雕刻的門柱另一側是寬廣的庭園，中央則是象徵女學院的噴泉——其實不是，而是熊熊燃燒，噴著高聳沖天的火炎。若是人類的學校，這裡多半是噴泉，而龍族則是噴火。

「那道火炎是利用從洛可火山噴出的可燃性氣體。自從女學院創校以來，從未熄滅過呢。」

宛如女學院的管理者，姊姊向吾人說明。

前方則是校舍。從吾人的位置看過去，正好呈現ㄇ字型。後方還有禮堂等其他校舍，背面則是從火山流出的湧泉形成的漂亮池塘（入學測驗時有觀摩過）。不過上課與大多數活動都在ㄇ字型的校舍進行。

「新生要前往舉辦入學典禮的禮堂，所以要在此道別囉。我先去學生會辦公室露臉。」

姊姊拍了拍吾人的肩膀。

「不用擔心，一年級提心吊膽是很正常的。」

「這樣根本不算安慰吧。」

吾人表示抗議。

「因為我就算徹底安慰妳，妳也會對我感到不滿吧？」

姊姊露出壞心眼的笑容表示，吾人頓時無言以對。

即使不甘心，但是姊姊說得沒錯。

「儘管感到難受，或是煩惱吧。妳的個性不會因為這樣而裹足不前。所以每一次難受或煩惱，都能不斷成長。所以不要停下腳步——只要注意這一點，不論做什麼都可以。」

這時候，姊姊看起來比平時更加巨大。

「不過如果換作藍龍，聽到『不論做什麼都可以』可能會跑去破壞校舍。所以不能對她們說這句話呢……」

提到藍龍，應該是偶爾會跑到洛可火山一代的不良分子。帶頭的人叫做芙拉托緹，她好像經常與姊姊打架。

「那麼姊姊，吾人去參加典禮了。」

「嗯。」

姊姊輕揮右手。與在家裡的隨便態度不一樣，舉止有學生會長的風範。

在家裡的姊姊與在女學院的姊姊，究竟哪一個才是真正的她呢？

◇

入學典禮毫無波瀾，順利地進行。

學園長等數名高層上臺致詞，接著是新生代表致詞——

然後學生會長姊姊上臺。

這時候，禮堂響起幾聲歡呼。

從聲音的性質聽起來，多半是來自於新生。

「那就是學生會長呢。」「真的好漂亮。」「要是能成為她的妹妹就好了。」「話說她的妹妹與我們同學年呢。」

吾人克服心中的難為情，勉強抬起頭來，看向致詞歡迎新生的姊姊容貌。因為如果一直低頭，可能反而引人注目。

因此吾人也發現到，站在吾人前方的學生露出欽羨的眼神凝視姊姊。她甚至雙手握在胸前宛如祈願。

何必產生宛如看見神聖事物的反應呢。

但是姊姊並未感到害羞，繼續陳詞，彷彿受到稱讚是當然的。其中顯示出堅定的風格。由於連吾人都感覺到，其他學生們肯定認為姊姊是特別的學生。

她的模樣的確與吾等一年級新生不一樣，看起來就像高高在上。

另外姊姊的這句話縈繞在吾人的耳際。

「進入女學院就讀的各位新生，要反覆戰鬥，最好持續戰勝。這座女學院的校訓是『挑戰、勝利、成長』。」

這三個詞代表校訓。
宛如姊姊直接告訴吾人般，清晰地留在耳際。
很有龍族風格，特別積極。
但是聽起來並不壞。
從今天開始，吾人便開始就讀於這間女學院的第一學年。
當然不能一直停滯在入學第一天！吾人要成為完美的龍族，讓見到吾人的同學無暇去思考姊姊！
入學典禮順利告一段落，吾等一年級新生前往事先告知，自己分發到的班級。
進入自己的教室後，先行返回的學生指著前方的牆壁。
「啊！牆上也掛著『挑戰、勝利、成長』的標語喔！」
校訓的匾額彷彿在緊盯著吾人。
好，馬上來挑戰吧。
首先嘗試與坐在前方座位的同學成為朋友！
她在入學典禮時也坐在吾人前方，對姊姊露出羨慕的眼神。頭髮呈現螺旋狀，像吊燈一樣垂掛在左右兩側。梳理似乎很麻煩，但有可能每天必須維持精神統一，否則無法營造出那種左右對稱的效果。

「不好意思。」
吾人一開口，她便立刻起身，轉過身來。
她好像露出相當不悅的表情，手扠胸前。
「我叫熙雅莉絲，妳是學生會長的妹妹萊卡吧？」
已經認識吾人了嗎。不過學生會長的妹妹這個稱呼讓吾人有些在意。
「嗯，是的，吾人名叫萊卡。既然彼此座位接近，能與吾人交個——」
「和我一決勝負吧！」
她指著吾人表示。
「咦……？勝負……？」
「妳可是優秀學生會長的妹妹。值得成為女學院第一天一決勝負的對手！成為我的第一道關卡吧！」
「這個，吾人很高興您仰慕姊姊……可是為何要一決勝負……？」
「那還用說。光是仰慕的話，永遠都達不到那一位的高度。這對於受到仰慕的對象也很失禮。既然擅自仰慕對方，能報答的方式不就是努力到超越對方為止嗎？而且！」
熙雅莉絲拉高了音量。
「會長不只是舉手投足優雅，連武力都長年號稱女學院最強！如果不能在力量上贏過她，那麼一切就會淪於空泛的言詞而已！」
熙雅莉絲的眼神十分認真。
的確！
她這番話很有說服力。
吾人也一直心想，總有一天要成為比姊姊更優秀的龍族。
這等於追求最強的寶座！
畢竟目前維持女學院最強之名的就是姊姊！
……不過依然不明白，為何她不挑戰姊姊，而是挑戰吾人……難道要從近距離目睹姊姊的吾人開始挑戰嗎。
另外，吾人以挑戰的心情，對熙雅莉絲開口。
但是不能單純挑戰而已。當然，如果不挑戰則無法開始，所以挑戰很重要。可是如果沒有獲勝——簡單來說，沒有成功的話就僅僅只是挑戰罷了。
是勝利或是落敗。
如果要分個清楚，眼下不就是好機會嗎。
何況熙雅莉絲應該也不想和膽小逃避的同學當朋友！
「知道了。吾人接受妳的挑戰！」
吾人這句話一出口，原本教室內和樂融融的氣氛頓時變得殺氣騰騰。

原本談笑風生，或是閱讀入學手冊，各自打發時間的學生們迅速將座位移動到外側，在中央騰出空間。

「要決鬥了呢。」「身為紅龍，該戰鬥的時候可不能逃避。」「一年級就應該用拳頭說話。」

噢，這就是女學院的規矩呢。

迅速有一名像是同學的人走上前。

「不好意思，由我擔任這場對戰的裁判。由於地點在教室，禁止變成龍型態，也禁止使用火炎。時間不限，一局定勝負，直到某一方放棄或是暈倒為止——雙方都沒有異議吧？」

不愧是女學院，隨時都做好戰鬥的心理準備。

「吾人沒有問題。」

「我也一樣。」

吾人與熙雅莉絲在騰出來的教室空間內面對面。

「我在小學的玩耍時間，就是人見人怕，『破壞身體的熙雅莉絲』。只要一碰到對方的身體，就能瞬間讓對方肌肉拉傷。玩警察抓小偷時，被我碰到的小偷都會當場難受地蹲下呢。」

熙雅莉絲輕輕向前伸出雙手。

那應該是她的備戰姿勢。接近摔跤的架勢。

「原來如此。不愧是通過女學院入學測驗的實力呢。」

女學院的入學測驗不只有學力，還要考運動能力與戰鬥力。

「我早就想知道學生會長的妹妹究竟有多能打了。現在正好。」

熙雅莉絲挑釁地舔自己的左手。

「雖然和姊姊還差得遠——但是小看吾人會後悔的！」

吾人一口氣衝向熙雅莉絲，使出一記刺拳。

第一擊就揮拳。

吾人的戰鬥沒有猶豫。

有時間猶豫就先揍人！

一旦開始戰鬥，就要持續進攻！

熙雅莉絲雙臂交叉，承受吾人的攻擊後，

「哼！」

發出集中精神般的聲音。

結果吾人的身體略微被彈向後方！

身體的重心朝向了後方。

「我利用作用力與反作用力的法則，直接反彈妳的勁道！」
竟然辦得到這一點……！
這裡是女學院，果然不能大意！
「看招！」
趁著吾人重心往後傾的時候，熙雅莉絲迅速觸碰吾人的腳。
一陣怪異。
腳上感到不對勁的同時，傳來一陣疼痛！
「唔！這是肌肉拉傷的痛楚！」
「哈哈哈哈！這就是我的身體破壞術！對肌肉了解透徹的我才使得出這種恐怖招式！」
熙雅莉絲的放聲大笑籠罩教室。
笑聲的震動加深了吾人肌肉拉傷的痛楚。
「已經形同我的勝利了！痛楚會讓妳在對戰中無法集中精神！妳不可能扭轉劣勢！」
接下來吾人的確持續承受熙雅莉絲的攻擊。
每一擊的威力並不強，但是吾人的反擊全被她以毫釐之差躲過。
顯然是因為疼痛造成集中力中斷！

而且在途中，另一隻腳也中了她的肌肉拉傷招式。
痛苦進一步讓吾人的內心變得遲鈍。
糟糕，陷入惡性循環了！
連教室周圍都傳來「竟然會上演一面倒的戰鬥……」「負面狀態連強者都能暗算呢……更何況是雙腳肌肉拉傷……」等交頭接耳的聲音。
吾人目前只能承受她的攻擊，同時尋找勝利的契機。可是再不趕快出手，疲勞累積之下會讓吾人的處境愈來愈糟……
「會長的妹妹終究也只有這點程度。我原本還抱持希望呢。」
毫不停歇地攻擊的同時，熙雅莉絲還語出不遜。
「如此一來，在女學院鑽研的過程中，我連會長都能超越！看我超越女學院最強生物——也就是會長！」
即使吾人承受熙雅莉絲的攻擊，依然勉強站穩左腳腳跟。
勝算可能就在這裡。
「熙雅莉絲，妳的集中力似乎也中斷了呢。」
吾人小聲嘀咕。
「不用再逞強了。我可是一直認真地戰鬥！」
熙雅莉絲以修長的腿踢出一腳。她大概想一口氣擊倒吾人。

吾人以右手完全擋下這一腿。

「唔！竟然輕易擋住！不，重心再度來到了前方……」

沒錯。集中力中斷的人連這一點都察覺不到。

「熙雅莉絲，妳在戰鬥的時候一直想著會長。可是，吾人是吾人！雖然吾人是會長的妹妹——但吾人更是紅龍族的萊卡！」

如果精神無法集中在面前的敵人，攻防勢必欠缺火候！

「如果一邊與吾人戰鬥，心裡還想著與姊姊戰鬥，誤認事實會造成妳的致命傷！」

吾人轉守為攻。

呈現前傾姿勢，跨步衝向熙雅莉絲。

熙雅莉絲，現在的妳並未算準吾人的體力與攻擊力。從妳的言詞聽得出來。

趁敵人誤判吾人之際，一舉攻陷！

一記右正拳突刺宛如受到熙雅莉絲吸引般，朝她的手臂琛過去！

「哼！看我像剛才一樣彈回去——」

她同樣試圖以雙臂防禦——結果沒有用。

「這是傾注吾人全身重量的一擊！」

吾人破解了她的防禦，衝擊力道傳達至她的全身！

「嗚……嗚哇啊啊啊啊！」

熙雅莉絲在地上不同滾動，直接狠狠撞上教室的牆壁。
衝擊力道導致掛在牆上的「挑戰、勝利、成長」匾額掉落在她的頭上。
「我、我對自己的……挑戰……毫不後悔……我輸了。」
擔任裁判的同學高喊「熙雅莉絲棄權！到此為止！萊卡同學獲勝！」
四周響起鼓掌聲，「恭喜！」的聲音籠罩教室。
「吾人是否有盡到……自己的所有力量呢。」
感受到寂靜的熱意在心中高漲。
雖然第一天似乎引來異樣的目光……可是抱著棒打出頭鳥的精神畏戰，是無法變強的。既然有人主動挑戰，就必須戰勝對方才行。
這裡是紅龍族女學院。
必須兼具美貌與實力的少女園地！
吾人朝倒在地上的熙雅莉絲伸手。
「真是精采的戰鬥。目前腳還因為肌肉拉傷而疼痛呢。」
「我徹底輸了。妳說得沒錯，我迷失了戰鬥的對手……真難為情。」
熙雅莉絲別過視線，望向地板。
「那麼就再度挑戰吧。」
這才是這所女學院的校訓。

「對呀。」

隨後熙雅莉絲變得柔和，握住吾人的手。

「萊卡同學，從今天開始我就當妳的跟班吧。」

咦，她好像使用了奇怪的形容方式……

「可是，吾人希望與熙雅莉絲成為朋友——」

「雖然我們是同學，但是我當妳的妹妹吧。讓我在妳的底下成長。」

唔、這個……

「請問……非得是妹妹，而不是朋友嗎？」

「不可以。女學院的不成文規則是，如果在對戰中輸給高年級或同年級，就必須成為對方的妹妹。若是宣稱不知情而逃避，會讓我在第一天大大地丟臉。」

吾人可沒聽說過這種不成文規定！

應該說既然有這種事，姊姊為何不告訴吾人呢……姊姊真是的……是故意不說明的吧……？吾人只想到這種原因……

「這個……吾人不知道這件事情而接受挑戰——」

「我盡了全力，然後輸給妳。成為妳的妹妹絲毫不會後悔！」

熙雅莉絲高喊。

身邊的同學們也紛紛稱讚「真了不起」「這股氣魄，真的好感人」「內心留下了血淚呢」。

看來無法推辭了。

「知、知道了……請多多指教……」

吾人朝熙雅莉絲低頭致意。

「我也要請妳多多指教。當然，妳也能當我是夥伴仰賴我喔。」

熙雅莉絲露出微笑。

總覺得交朋友似乎失敗了……不過剛入學就有了夥伴……就這樣吧。

吾人在女學院的日子才剛剛開始！

女學院的修行同好會

Red Dragon Women's Academy

進入紅龍族女學院就讀後，即將滿兩個星期。

吾人現在並未與姊姊一起上學，獨自走出家門。

不過並非與姊姊吵架，或是對姊姊燃起奇怪的對抗心態……只是因為姊姊都拖到快遲到才出門，吾人實在等不了而已。

今天姊姊同樣抱怨「萊卡妳這個叛徒！反抗期！」可是抱怨的同時還穿著睡衣。所謂的反抗期，其實不是反抗姊姊。

吾人無視姊姊準備上學，結果在走出大門前被姊姊從身後扣住……

「姊姊！說真的，擋到吾人了！請不要這樣！」

「才不要～萊卡好冷淡，所以不讓你去～萊卡好嬌小，好可愛呢～」

從身後傳來姊姊裝傻的聲音。

吾人使出全力試圖脫離姊姊，但是完全半不到……

「太嫩了，萊卡。憑你的戰鬥力，是不可能擺脫女學院最強的我喔。」

「這、這樣做有什麼意義啊！姊姊也只是進一步提高遲到的風險不是嗎！」
「還是太嫩了，萊卡。我可是肩負著遲到的覺悟，也一直纏著萊卡妳呢！」
「這有什麼好自豪的啊！」
大約五分鐘後姊姊才放開，結果害得吾人必須略為快步上學……學生會長不要抱著遲到的覺悟好嗎。當然，姊姊在這五分鐘內甚至還沒換衣服，所以現在可能正急忙吃著早餐的吐司。
不過雖然獨自走出家門，吾人卻並非一直單獨一人。
快步走在對人類而言足以心臟破裂的上學路。爬到三成高的時候，見到熙雅莉絲已經在該處等候。
「大姊，早安。」
「早安，熙雅莉絲。」
熙雅莉絲主動揮手，吾人也揮手回應。
「大姊，昨天同樣有各種社團邀請，真是辛苦呢。光是我見到的就有『田徑社』『賽飛社』『噴火社』『大胃王社』『棋藝社』『猜謎同好會』呢。」
「嗯……雖然推辭也很難受……問題是主動徵詢各社團與同好會的是吾人，所以吾人要負起一部分責任……」
理所當然，紅龍族女學院也有各式各樣的社團活動。

有龍族特有的飛行與火炎方面，也有人類學校常見的社團活動，種類繁多。另外學校沒有硬性規定，因此也有可能不參加任何社團。

吾人基於挑戰的精神，體驗了各式各樣的社團活動。

另一方面，吾人以還想看看其他社團為由，對所有社團都予以保留。

因為吾人這種態度，才讓其他社團期待邀請吾人加入。

「任何社團都邀請大姊加入是很合理的。噴火社一下子刷新了燃燒難以點燃的木材在校內的紀錄；連田徑社都超越了大賽的正規選手紀錄呢。」

「能大顯身手是很高興，可是總覺得與成長的關係不大……所以吾人沒有加入的打算。」

當然，加入自己非常不適合的社團類別，好像也怪怪的……那麼究竟該加入什麼社團呢。

「對了，熙雅莉絲。」

「是的，大姊，有什麼事嗎？啊，我買來了果醬麵包，請大姊享用。」

她遞過一個果醬麵包，總之吾人只好收下。

「嚼嚼……拜託，可以不要稱呼吾人為大姊嗎……？」

不只聽起來很死板，彼此還是同班同學。聽起來好像只有吾人留級。

「不，面對比自己更優秀的對象，視為大姊仰慕是當然的。這對主動挑戰而落敗的人而言是一道界線，這一點不能退讓。即使是同學年，落敗的一方視勝利者為姊姊加以支持，是學校的不成文規定。」

既然是不成文規定，不就代表「其實並沒有硬性規定」嗎……

「另外熙雅莉絲已經決定要參加什麼社團了嗎？」

「我參加的是幽靈社。」

「幽靈社員嗎。女學院沒有硬性規定要參加社團，所以只掛名不加入也——」

「正式名稱是幽靈研究社。」

「噢，原來有這種社團啊。是吾人害怕的領域呢……」

吾人從以前就害怕鬼故事。

熙雅莉絲頓時眼神發光。

「難道在對戰中講鬼故事，可以降低大姊的集中力，有機會得勝嗎？」

「不可以！這種想法太賊了！另外如果吾人因此落敗，下一次會戴耳塞再度挑戰。」

就讀女學院過了兩週。

已經能和班上同學一起上學，可以說女學院生活有個好的開始吧。

「大姊，我還有巧克力麵包，要吃嗎？」

熙雅莉絲幫忙準備了不少東西。

「那吾人就收下吧。俗話說肚子餓了就沒辦法戰鬥呢。維持最佳體能很重要。」

然後她也咬了一口自己的巧克力麵包，於是兩人都咬著巧克力麵包上學。女學院允許買東西吃與邊走邊吃，因為龍族是經常肚子餓的生物。

上學路上有高山植物開著可愛的黃色花朵。可能是百合科的近親吧。目前以時速十五基爾洛快步行走的這條道路，名叫女學院路，氣氛真是華美。道路彼端有兩名高年級學生正在對戰。

「還真是厲害啊。」「妳也是！」「不過還配不上妳的優秀妹妹。所以妳的妹妹我要定了！」「閉上妳那喋喋不休的嘴吧！」

從聲音聽起來，似乎是賭上自己的低年級妹妹決鬥。

這種情況下的妹妹並非親妹，而是指親近自己的低年級學生。在女學院，締結類似姊妹的關係並不稀奇。

聽說這種姊妹關係，源自很久以前人類設計的軍事制度。在軍事制度下，軍隊的男性會結為義兄弟戰鬥，面對敵人大軍照樣能獲得優秀戰果。

重視戰鬥的紅龍族世界似乎也吸收了這種制度，締結姊妹關係。其他種族的女學院似乎也有這種類似姊妹的關係。不過在紅龍族，正式決鬥分出勝負後也會締結關係，這一點比較特殊。

當然，其他種族同樣會有低年級主動當高年級的妹妹，或是高年級要求低年級成為妹妹之類的姊妹關係。即使有人主動挑戰，也有權利拒絕。

「我們入學已經過了兩星期。目前正好是高年級爭奪妹妹的年紀呢。」

「似乎是。雖然吾人不太關心。」

「沒辦法，大姊的親姊姊可是學生會長啊。很少有人能和她匹敵吧。」

「不，吾人絲毫沒有這種想法……比起拜特定人物為師，吾人認為靠自己追求極限，才是變強的捷徑。」

附帶一提，女學院分為六個學年，每一學年長達十年。所以六年級畢業時等於入學後過了六十年。畢竟龍族都十分長壽。

「這種想法也不錯呢。大姊已經很強了，沒辦法當實力不足的高年級妹妹——況且我已經成為大姊的妹妹了。」

宛如理所當然般，熙雅莉絲得意地表示。

「吾人其實不打算締結姊妹關係……」

「大姊請冷靜想想看。親姊姊是可以任意選擇妹妹的嗎？不能對媽媽說不喜歡這個妹妹，要求媽媽別生吧？就是這麼回事。」

「這套理論聽起來不太對勁……畢竟終究不是親生的關係……」

「要吃蜂蜜奶油口味的麵包嗎？」

熙雅莉絲再度遞給吾人不同的麵包。
「好啊。」
吾人將麵包送進嘴裡。
嚼嚼。這種關係或許也不錯呢。
不過今天繼續尋找好的社團活動吧。

◇

放學後——
吾人被數名高年級學生圍住。
其中有人緊緊握著網球拍，還有人扛著大鋤頭。
經過一旁，像是與吾人同學年的同學高喊「呀！不得了！」後紛紛逃跑。
「這個……不好意思，各位這樣圍著，吾人沒辦法動。能不能請各位讓道呢？」
「不行。」
握著網球拍的同學說。
「妳必須和我們來一趟。賞個臉吧。」
「不好意思，請恕吾人拒絕。以前吾人應該已經推辭過了。」

該名同學緊緊盯著吾人。
吾人也回望對方。
現在先轉過頭去就輸了。
不能認輸。既然已經在分勝負，吾人就必須求勝才行。
結果對方突然低下頭去。
「拜託妳！加入網球社吧！憑萊卡妳的實力，肯定能挑戰全國大賽！」
緊接著其他人也低頭，紛紛懇求「拜託加入吧！」
扛著鋤頭的同學也說「請加入農業社！我們一起種植最棒的洋蔥吧！」她的鋤頭看在旁人眼裡好像武器，最好不要扛著走路。
「不好意思，吾人感覺不到值得加入的意義。請找別人吧。」
吾人只能這麼說。
不同人可能會說「技巧會進一步提升！」「可以變得更強！」而糾纏不放，可是問題不在這裡。
「吾人已經說過很多次。吾人只會加入心中認定『能夠自我成長』的社團。」
吾人斬釘截鐵回答後，再度盯著前方的網球社同學。
眼神中帶有『請讓開』的意志。
「咿！」

網球社同學後退幾步，讓開了路。

其他人也跟著與吾人保持距離。

「好厲害……永無止境，一心前進的眼神……待在我們社團真是大材小用……」

「對啊……她如果加入或許能讓社團變強，但有可能會變成完全不一樣的社團。」「萊卡就像是劇烈藥物，不能以半吊子的決心邀請她加入……」

眾人似乎過度害怕吾人……不過大致上沒錯。

如果吾人加入別人主動邀約的社團，肯定會受到許多稱讚。

可是以自我成長的角度來看，等於是繞遠路。

如果現在的自己完全受到眾人的認同，積極向上的心態肯定會變鈍。

就像長槍的尖端完全失去稜角一樣！

在走廊上走了一段距離後，正好遇到姊姊從另一側前來。

不，在這裡應該稱呼學生會長比較合適。

姊姊率領幾名學生會職員，在中央更顯得高雅又閃耀。

連吾人都懷疑自己的眼睛，她就是在家裡衣冠不整的姊姊嗎。

在這間女學院最受同學尊敬的，毫無疑問是姊姊。

學生會長在吾人面前不遠處停下。

「才兩星期而已，萊卡的名字卻已經全校盡知了。妳已經是傳聞中五十年一遇的人才哦。」

學生會長撥弄著長髮，同時告訴吾人。

吾人很自然地與姊姊互瞪般四目相接。

「學生會長應該號稱五百年一遇的人才。吾人還有很大的進步空間。」

沒錯，根本不能鬆懈。

畢竟吾人是看著姊姊長大的。

剛就讀不久就反覆受到高年級挑戰，並且一一戰勝。還從高年級對手奪取徽章，領導許多成為妹妹的高年級同學，堪稱傳說中的紅龍。

入學一個月後就號稱地下學生會長。之後在學生會長選舉中，真的以一年級的身分成為學生會長。

這樣的女性就是吾人的姊姊，蕾拉。

不管姊姊多麼強大，既然她比吾人更強，如果不能超越姊姊，自己的道路會就此中斷！

另外，吾人從未想過與姊姊動手打架。

姊姊出手算是過度的身體接觸，吾人從未主動攻擊過。

不，嚴格來說是辦不到。

小時候就感覺到，紅龍族蕾拉的實力深不見底。

現場籠罩在有些一觸即發的氣氛中，但是姊姊身邊的人似乎並不在意。

可能她們也感覺到吾人的力量有限吧。

「萊卡同學的眼神真的很不錯呢，和以前的會長很像。」

站在姊姊身旁，像是學生會職員的人開口。

下一瞬間，她的氣息消失無蹤。

不——

而是站在吾人身旁，手搭在吾人的肩膀上……

「不過還不夠。憑這點程度連學生會都進不了。」

吾人完全沒看穿她剛才的動作……甚至沒有察覺她要移動的氣息……究竟要怎樣才有這麼快的速度……

「別這樣，書記四天王之一的速龍莉庫裘緣。」

會長勸阻她。

放在吾人肩上的手已經收回。名叫速龍莉庫裘緣的高年級回到會長的身邊。

「抱歉做得太過火了。由於對會長的妹妹感到興趣。」

「我明白妳的心情。她應該在新生中相當出類拔萃，入學沒多久就展現相當的實力。」

雖然嘴上稱讚，姊姊的口氣卻很冷淡。

「——不過，這對萊卡而言卻也是不幸。」

會長笑得和平時在家裡的姊姊一樣。

「因為如果身邊缺乏努力的目標，成長會更加困難。今年的一年級都不怎麼樣呢。」

吾人頓時愕然。

這句話有道理……

目前姊姊身邊的學生會職員中，似乎也有同學年的人。

換句話說，身邊就有能切磋砥礪的對象。

另一方面，吾人在同學年中找不到努力的目標。

「不過大家已經不在乎『學生會長的妹妹』這個頭銜，很厲害呢。也許我不該這麼說，但還是稱讚妳。」

啪啪啪，啪啪啪。

會長非常緩慢地拍手稱讚吾人。

「是的，吾人會更上一層樓。」

「沒錯，萊卡，努力登上這裡。雖然妳的人生由妳自己決定，不過妳的目標應該是這個位置吧。」

然後會長一行人走過吾人身邊。

不愧是女學院學生中的學生，散發出的氣氛十分符合學生會長的得力幹將。每一名職員的實力都足以毀滅一個人類國家吧。

「看來挑選社團是當務之急呢。」

等她們離去後，吾人獨自嘀咕。

「或許吾人會得出不該參與任何社團的結論。」

◇

「……不好意思，請恕吾人退出。」

哲學同好會的成員們表示「讓我們一起抵達宇宙的真理吧！」吾人卻頭也不回走出教室。

「各位的心意相當優秀，但似乎和吾人的方法不一致。」

吾人認為，光靠桌上的學問提升自我是有極限的。

最後觀摩的哲學同好會也與吾人的理想不一致。嘆了一口氣後，吾人走出校舍外。

校舍後方有座小池塘，形成一小片公園。火山的湧泉似乎在這裡流出，水質非常清澈。吾人頹坐在公園板凳上。

結果沒有一處活動場所能回應吾人的訴求。
難道非得靠自己思考下一步該怎麼走嗎。
「大姊，妳的表情悶悶不樂呢。」
熙雅莉絲坐在吾人身旁。
「熙雅莉絲，社團活動如何？」
「目前正在尋找校地內的幽靈。」
「啊……原來幽靈社的活動內容是這樣……」
是吾人害怕的內容。
「大姊似乎沒有找到要參加的社團呢。」
她似乎已經從吾人的表情看穿了一切。
「吾人已經觀摩過所有社團，卻找不到哪個社團有機會提升自我。難道不應該仰賴他人嗎……」
「大姊，真的見過所有社團了嗎？」
這時熙雅莉絲說出奇怪的話，而她好像也立刻發現吾人露出不解的表情，搶先繼續說。
「這間女學院內，似乎有人在距離中心地帶相當遙遠的地方活動呢。我猜想大姊可能漏掉了她們。」

「似乎這兩個字讓人在意，意思是非公開的活動嗎？」

熙雅莉絲點點頭後，指了指池塘的更後方——與校舍相反的方向。

該處屬於女學院選址，火山活動形成的窪地邊緣地帶。土地一下子變得高聳，牆邊有幾處自然形成的洞穴。

「話說回來，那邊也屬於女學院的校地呢。」

「沒錯，傳聞中有些高年級學生一直在那些洞窟修行。剛才我調查幽靈傳聞的時候聽說的。」

「若是與幽靈同一層次的傳聞，就很懷疑其真實性了！」

「名稱叫做修行同好會之類，我也不確定是否真有其人。但是既然大姊猶豫地頹坐在板凳上，不如去找找看碰碰運氣吧？」

這些話扎在吾人的胸口。

她說得很對。

吾人還有尚未徹底調查之處。

可是就此裹足不前，實在太空虛了。

吾人緊緊以雙手裹住熙雅莉絲的手。

「謝謝妳，熙雅莉絲！吾人會嘗試一切可能性！」

「不敢當，我是妳的妹妹啊。」

姊姊或妹妹其實無所謂，熙雅莉絲是吾人的朋友。

◇

然後在數個洞窟之中，吾人一下子就在第一個進入的洞窟深處發現。

（像是）高年級學生正在進行超人式修行。

她甚至沒有穿制服，而是衣衫襤褸，像是躲在山林修行的隱居僧人。

雖然光源只有一盞小燈，她看起來臉也髒髒的。頭髮同樣只略微觸及脖子，甚至散發出少年的氛圍。在女學院的學生中，很少有人的頭髮這麼短。即使吾人的頭髮沒有長得誇張，卻也受姊姊的影響而留長。

但是她的容貌只不過是枝微末節。

畢竟她的修行方式相當驚人。

她完全不靠手，僅僅置於身體兩側，正在做伏地挺身！

話說她沒有用手，這樣能算是伏地挺身嗎？

可是彷彿沒有使用背肌般，上下起伏的身體動作的確和伏地挺身一樣。

「請、請問！您是怎麼做伏地挺身的呢。」

吾人忍不住詢問。

她正在進行的修行已經堪稱奇蹟了。
不使用手臂進行伏地挺身的同時，她抬頭望向吾人。
「持續修行，僅止於此。只要能自由操縱身體肌肉，就有可能辦到。」
她既未自豪，但也並非謙虛，而是直截了當地回答。
「請問……您是修行同好會的成員嗎？」
「似乎有人這麼稱呼。由於我一直待在洞窟內，所以早就忘了。」
一直待在這裡的話，豈不是無法取得課程的學分嗎……
不，這對窮究修行的人或許只是枝微末節。另外以常識考慮的話，應該是每天放學後才來到此地待著吧。因為這裡找不到食物。
「請問您的名字是？」
「由於我沒有可說的名字，妳想怎麼稱呼都行。」
吾人十分確信。
只要跟隨她修行，自己肯定能成長！
「知道了。那麼……根據髮型，請讓吾人稱呼您為短髮學姊。」
「可以，就這麼叫。」
短髮學姊沒有笑出來，如此表示。即使幽靈對她說話，她應該也有相同的反應吧。

「可以讓吾人在一旁修行嗎？吾人是上個月入學的萊卡。」
短髮學姊定睛注視吾人的容貌。
她的眼力犀利得一點都不像女學生。
「即使我叫妳離開，妳也會留下來直到我點頭同意吧？妳就是這樣的龍族。所以想待就待吧。」
「非常感謝您！」
聽得出吾人的聲音在洞窟中迴響。
於是吾人便加入了修行同好會。

◇

之後吾人一放學，便前往短髮學姊的洞窟。
不只是不使用手臂的伏地挺身，短髮學姊還進行幾項超人式特訓。
其中之一就非常緩慢的腹肌訓練。
鍛鍊腹肌時，如果想輕鬆一點，就會鼓足力道使用腹肌以外的肌肉。反過來說，如果緩慢地抬頭低頭，就能更嚴苛地鍛鍊腹肌。
短髮學姊以堪比開花的速度，緩緩做腹肌訓練，期間以自己的意識活動腹肌。

「這就是自由操縱身體的肌肉。只要達到極致，在任何瞬間都能修行。」
「原來如此！學姊真是厲害！」
吾人也效法學姊，緩慢做腹肌訓練。
這與單純的肌力訓練不一樣，而是為了達到更高的境界！
另外學姊還會盤腿，進行靜坐冥想。
吾人跟著有樣學樣，在一旁冥想。
緩緩吸氣，然後吐出。
心中的各種雜念也跟著排出體外。
「聽好，要在心中想像敵人的模樣。想像非常強大的敵人。」
「是的！學姊！」
吾人想像的敵人——是姊姊。
並非吾人討厭姊姊，而是姊姊實力非常強大。
「對敵人傾注一擊。即使敵人發動攻擊也絕不退縮，不要恐懼。妳要攻擊敵人這一點不會改變。」
當學生會長的姊姊既高雅又漂亮。散發出的氣場連吾人想接近都會猶豫，即使是心中的想像也一樣強大。
不要逃避。一旦心中想逃跑，就絕對沒有任何勝算。

勇敢面對。

想像中的姊姊身影變得愈來愈大。因為在想像中，吾人愈來愈接近姊姊吧。

姊姊也擺出攻擊架勢。女學院最強的攻擊要來了！

即使是在腦海中，依然一下子湧現恐懼心。

不行。吾人尚未克服姊姊。

心中認定自己贏不了。

「別後退，萊卡！」

短髮學姊的身影突然出現在想像中。

不，她的聲音應該來自現實。耳膜在震動。

是前輩實際上的喊叫化為想像吧。

「萊卡，這裡只是妳思考中的世界。不會失去任何事物，也不會受傷。只管前進。」

「是的！學姊！」

姊姊的拳頭逐漸逼近。

換句話說，吾人的攻擊也在射程範圍內！

吾人也朝想像中的姊姊揮拳。

「姊姊！這就是吾人現在的全力！」

——然後吾人睜開眼睛。
宛如從夢中清醒般，自然而然這麼做。
「妳戰勝想像了呢，萊卡。」
短髮學姊小聲開口。
「這並非結束。修行是沒有終點的。來，再挑戰一次。」
「好的！……另外吾人有一事相求，不知學姊意下如何？」
短髮學姊以眼神示意「說吧」。
「吾人可以稱呼學姊為『姊姊』嗎？」
吾人拜師的對象，是否應該以姊姊稱之？
況且吾人已經不認為她是外人。如果吾人早點誕生在世界上，或許就會和她一樣？
只見短髮學姊沉默了一段時間。
然後緩緩搖了搖頭。
「妳應該有更適合當成姊姊的對象。」
吾人還想爭辯。
但是學姊的話讓吾人不得不同意。
「不要將我目前的程度視為姊姊。我也還在修行，妳的志向應該更高才對。」

她的意思是不要輕易妥協。

「知道了。尋找值得成為姊姊的對象，或許也是一種修行呢。」

吾人再度閉起眼睛，開始冥想。

◇

加入修行同好會過了兩個月左右——

「萊卡，妳開始散發強烈風格了呢。」

晚餐時分，姊姊這麼說。

在家裡的姊姊整體上十分鬆懈。現在也早已換上便服。

「是嗎？吾人不太清楚。」

「全身散發著強者的氣息呢。而且還不是逞強，是貨真價實呢。」

聽到姊姊這麼說，果然很讓人開心。

「聽說妳在洞窟修行是真的嗎？叫做修行同好會吧？」

吾人並未隱瞞，也向女學院提交過申請，所以吾人表示肯定。

「唔，真是不可思議呢。」

「什麼事情不可思議？」

「不，和妳沒有關係，所以沒差。況且妳應該正在變強。很多人找妳一較高下，而且妳戰勝了所有人吧？」

「是的，午餐時間有人前來向吾人提出挑戰。雖然都是二年級或三年級的學姊。」在紅龍族之中，相約決鬥並不罕見。當然絕對不容許偷襲這種卑劣手段，不過紅龍族推崇循規蹈矩的挑戰。

「看來往上爬的速度會比我想像中更快呢。也許還能加入學生會。」

完全沒料到姊姊會這樣告訴吾人。連自己都覺得意外。

吾人反倒這樣回答。

「吾人一定會追上姊姊。」

隔天，吾人一如往常在放學後來到洞窟。

即使還無法不靠雙手，倒是學會了藉由置於身體旁的手臂施力，做伏地挺身的技術。

以手臂抵住岩石，藉由反作用力撐起身體，做伏地挺身。只要持之以恆，總有一天就能僅靠活動肌肉了。

然後在修行中，短髮學姊突然這麼說。學姊說話經常毫無前兆，冷不防開口。

「萊卡，妳已經累積了充分的力量。和我一決勝負吧。」

雖然已經預料到學姊有一天會這麼說，但吾人原以為還要很久。
「好的。吾人不會逃避，接受挑戰。」
「但是並非以拳腳對戰，而是靠兩人的想像。」

「靠想像？」

連這兩個月與學姊一起修行的吾人都感到困惑。
吾人腦海中的學姊，和學姊腦海中的吾人應該不一樣，究竟該如何對戰？
「只要能深度冥想，我們兩人就能在想像的底層見面。妳現在應該能潛入底層。」
即使心生懷疑，但是學姊對吾人說謊絲毫沒有任何好處。
於是吾人依照學姊的指示，閉起眼睛。
緩緩，緩緩潛入想像的底層。
感覺就像潛入校舍後方清澈池塘的遙遠底端。
回過神來，發現短髮學姊已經站在該處。
學姊表示「妳來了呢，萊卡。」
背景並非洞窟，而是某一片荒野。
這片荒野可能只有吾人和學姊兩人。

不需要再多說什麼。
學姊一口氣衝向吾人，動作毫不猶豫。肯定不會因為吾人是徒弟而手下留情。
所以吾人也要全力迎戰。
吾人從人類型態變成龍型態。
然後對學姊吐出鮮紅的火炎。
這裡是想像的世界。代表可以瞬間改變外表，對學姊吐出超高溫火炎！
目前吾人的最強攻擊就是這一招！
以自己的內心與學姊的內心相互碰撞！
這不是身體與身體，而是內心與內心的認真勝負！
吾人會吐出火炎，直到學姊的身影在吾人眼中融化消失為止！

「——是妳贏了。」
聽到學姊的聲音，吾人睜開眼睛。看來吾人一直在洞窟內冥想。
學姊第一次露出笑容。
「雖然只是暫時的，但妳超越了我。這座洞窟也讓給妳吧，我會到其他地區修行。」
然後學姊靜靜起身。

吾人發現，從明天開始學姊便不會再待在此地了。學姊絲毫沒有猶豫。
可是吾人不能不阻止學姊。
「何必呢！不需要離開學校吧！請學姊繼續留在修行同好會！」
因為有短髮學姊的幫忙，吾人才能變強！
「不，我得離開。而且我正覺得不該再繼續非法入侵了。」
「非法入侵？」
「我並非女學院的學生，只是流浪的修行者。所以我不能在女學院的校園裡待太久。」

原來她不是學姊啊！

「再見了。或許還有機會見面。」
短髮學姊瀟灑地大步離去。
吾人茫然的同時，偶然想起。
難怪同好會並未受到女學院公認……因為沒有任何女學院的學生加入……

◇

當天回家途中，姊姊從後方追了上來。

根據從身後拍肩膀的感覺，已經不是學生會長模式，而是姊姊的居家模式。

「話說萊卡，我有點在意，所以看了正式的學生社團活動在冊紀錄——加入修行同好會的學生只有妳一人而已呢。」

「……噢，是的，沒錯。」

「不過紀錄上，妳加入的是曾經存在過的修行同好會，這是怎麼回事呢？」

吾人假裝不知情。

「不知道。該不會加入了幽靈舉辦的同好會吧？」

聽得姊姊歪頭疑惑。

「好像吃到別人的口水才會說出這句話呢。難道在班上交了什麼壞朋友嗎？」

「要說露骨地受到他人的不良影響，吾人早就受到姊姊的毒害已久了喔。」

「還真敢說。我可是反面教材，一直給予妳正面影響才對。感謝姊姊吧。」

姊姊說話真是不留情面。

直到最後，短髮學姊都沒有告知名字。

如果有緣再見面，就請多多指教。

「姊姊有沒有遇見某人，希望對方成為姊姊呢？」
偶然想起的吾人隨口一問。
「還好我永遠是妳的姊姊。」
姊姊立刻如此回答。
「不是這個意思，而是有沒有想拜師的對象……不，姊姊不會想回答這種問題吧……」
「認真回答的話，沒有喔。因為我已經是最強的了。」
姊姊以手緊緊摟近吾人的肩膀。即使沒有人在看，還是有點過頭。
——可是，吾人必須在某處超越她才行。
果然，目前的吾人不需要類似姊姊的對象。
對吾人而言，姊姊就是位於一切頂點的目標。
朝一切的頂點努力。
如此困難的目標，才有挑戰的價值。

完

後記

各位讀者好久不見！到了慣例的後記時間囉！

這次首先得向各位讀者報告這件事才行呢。

沒錯，「狩獵史萊姆三百年」已經決定動畫化啦！太棒了！

以孜孜矻矻為座右銘，持續努力的本作品終於成功達到了影像化的這一步。這都要歸功於各位讀者一心一意的支援。真的非常感謝！

至於動畫的聲優，將由參加過廣播劇CD的各位聲優繼續負責。還有機會聽見自己熟知的亞梓莎等人聲音，真的好高興。

還有，MediaMix的責編等人，為了邀請非常忙碌的聲優在動畫中演出，應該會幫忙洽談。

要製作動畫，就要動員非常多的人力。因此肯定有許多人士不僅無法露面，甚至在作者完全不知道的地方默默出力。實在很感激。

總之我有聽到傳聞，由於書名很長，製作動畫專用標題的人費了一番功夫。抱歉書名太長了……畢竟連作者都沒寫全名，而是以「狩獵史萊姆三百年」代稱呢……希望各位也能以「狩獵史萊姆三百年」記住本作品。

今後只要有小的後續消息，能隨時通知的話都會告訴各位。下一集之後只要能寫的我都一定會寫，但是後記實在缺乏即時性。所以希望關心情報的各位讀者，請跟隨推特的「狩獵史萊姆三百年」官方帳號（@slime300_PR）。我也沾了動畫的光，跟隨者在公布動畫化的時候大幅增加。謝謝各位支持。

可能有讀者會認為「總覺得這傢伙只會說謝謝而已呢」。不過目前是我人生中最感激的時期，請各位讀者再忍耐一下……

另外以負責插圖的紅緒老師，負責漫畫的シバユウスケ老師，以及村上メイシ老師為首，受到許多人士的支持，才能走到這一步。今後也請各位多多指教！

以一句話形容這次紅緒老師的封面，設計真的好酷啊，希望各位讀者也能仔細鑑賞。幸好本作不是文庫本，而是大開本，這是本人至今最慶幸的一次。

漫畫版的登場角色也不斷增加，變得愈來愈熱鬧，今後肯定會更加有趣。同樣也讓人超級期待喔！

然後下一集第十二集，將同時發售附贈廣播具CD的限定版！下次的主角會是萊卡！已經開放預約了，敬請各位讀者多多指教！

以前的限定版也一樣，一旦附贈CD這種物品，包含物品在內原則上沒辦法再版。所以一旦賣完後會非常難買到，想確實買到的讀者敬請及早預約。

另外提到萊卡，從這一集開始會刊載萊卡的外傳小說「紅龍族女學院」。內容是萊卡在遇見亞梓莎之前，究竟是怎麼成長的。希望各位讀者也能享受本作品的劇情。

明明是後記，卻完全沒有聊到十一集，所以順便在此一提。

在本集參加了旅站接力賽。角色這麼多，劇情當然是一兩集寫不完的。正因為故事延續了這麼長，才深深感慨真是不簡單啊。

話雖如此，其實我沒有意識到要讓這麼多角色登場。原因其實很草率，就是在電視上看到旅站接力賽才開始撰寫……本作品大部分都是臨場發揮。說起來感覺就像現場演唱會，希望各位讀者能看得開心。

然後是會推出附贈廣播劇CD限定版的十二集，預定在四月發售。

本作品由靈光一現的「狩獵史萊姆三百年」開始，終於發展到推出影像作品，感覺就像鍊金術呢。史萊姆已經擴散到作者無法掌控的程度，身為作者希望細心呵護這部作品的成長。

「狩獵史萊姆三百年」今後也請各位讀者多多指教！

森田季節

浮文字

持續狩獵史萊姆三百年，不知不覺就練到LV MAX（11）

（原名：スライム倒して300年、知らないうちにレベルMAXになってました11）

作者／森田季節　封面插畫／紅緒　譯者／陳冠安
榮譽發行人／黃鎮隆　總經理／陳君平
協理／洪琇菁　國際版權／黃令歡
執行編輯／呂尚燁　美術／徐祺鈞
企劃宣傳／楊玉如、洪國瑋
出版／城邦文化事業股份有限公司　尖端出版
台北市中山區民生東路二段一四一號十樓
電話：（〇二）二五〇〇七六〇〇　傳真：（〇二）二五〇〇二六八三
E-mail：7novels@mail2.spp.com.tw
發行／英屬蓋曼群島商家庭傳媒股份有限公司城邦分公司　尖端出版
台北市中山區民生東路二段一四一號十樓
電話：（〇二）二五〇〇—七六〇〇（代表號）
傳真：（〇二）二五〇〇—一九七九
中部以北經銷／槙彥有限公司
電話：（〇二）八九一九—三三六九
傳真：（〇二）八九一四—五五二四
雲嘉經銷／智豐圖書股份有限公司　嘉義公司
電話：（〇五）二三三—三八五二
傳真：（〇五）二三三—三八六三
南部經銷／智豐圖書股份有限公司　高雄公司
電話：（〇七）三七三—〇〇七九
傳真：（〇七）三七三—〇〇八七
一代匯集／香港九龍旺角塘尾道六十四號龍駒企業大廈十樓B&D室
電話：（八五二）二七八三—八一〇二
傳真：（八五二）二七八二—一五二九
馬新總經銷／城邦（馬新）出版集團　Cite(M)Sdn.Bhd.
E-mail：Cite@cite.com.my
法律顧問／王子文律師　元禾法律事務所
台北市羅斯福路三段三十七號十五樓
二〇二一年十一月一版一刷

■中文版■

郵購注意事項：
1. 填妥劃撥單資料：帳號：50003021戶名：英屬蓋曼群島商家庭傳媒(股)公司城邦分公司。2. 通信欄內註明訂購書名與冊數。3. 劃撥金額低於500元，請加附掛號郵資50元。如劃撥日起 10～14日，仍未收到書時，請洽劃撥組。劃撥專線TEL：(03) 312-4212 ・ FAX：(03) 322-4621。E-mail：marketing@spp.com.tw

國家圖書館出版品預行編目資料

持續狩獵史萊姆三百年，不知不覺就練到LV MAX(11) /
森田季節著 ； 陳冠安 譯. --1版.
--臺北市：尖端出版， 2021.11 面 ； 公分. --(浮文字)
譯自：スライム倒して300年、
知らないうちにレベルMAXになってました11
ISBN 978-626-308-327-1(第11冊：平裝)

861.57　　110004643